LA SOUTERRAINE

Merci Didier pour
votre soutient !

mai 2023

SOPHIE MARCEAU

LA SOUTERRAINE

ÉDITIONS SEGHERS

LA SOUTERRAINE EST UNE ŒUVRE DE FICTION,
FRUIT DE LA SEULE IMAGINATION DE L'AUTEUR.

PHOTOGRAPHIE PAGES 3 ET 4 : DR.

PARUTION : MAI 2023
ISBN : 978-2-232-14683-1

1

La souterraine

Ils louent le rez-de-chaussée d'un pavillon de banlieue avec un garage. Ils ont un numéro de sécurité sociale, un berger allemand et une Renault 16.

Il n'y a pas de plans d'avenir. Le revenu mensuel permet juste de vivre au jour le jour. Alimenter le présent et oublier comment hier a survécu. Se projeter jusqu'à la moitié du mois. Quant à la seconde moitié… Il faut improviser, trouver des combines et tenter de ne pas dérailler.

Pas de photos, pas de bagages, pas de projets, pas d'ailleurs. Chaque jour, on recommence à zéro… Ils construisent ce qui, déjà, est à refaire. Ils ne possèdent rien. Vivent comme des orchidées sauvages, sans terre et sans racines, au bord de la nationale. Une seule branche leur suffit pour se maintenir, et leur branche s'appelle la France. Le père aime de Gaulle et la mère le cinéma. Ils se sont mariés à l'église.

C'est sur du papier bleu soigneusement plié que le père, encore soldat, fit sa demande à celle qui deviendrait sa femme. La bien-aimée voulait encore un peu de temps, pour voir des films et fumer des cigarettes à la terrasse des cafés. Elle ne répondit pas tout de suite. L'Algérie, elle, réclamait son indépendance. Le père partit à la guerre. C'est là qu'il surprit, caché derrière des colonnes monolithiques soutenant un ciel d'acier, Dieu confessant, la langue un peu pâteuse, les faibles chances de survie et le peu d'importance d'hommes comme lui. Des hommes qui ne servent qu'à servir.

« Tu n'as le droit de n'en aimer qu'un, et c'est moi. J'ai donné de mon sang dans ta première goutte de lait, dans ta première gifle, tu t'en souviens ? Je t'ai offert une belle robe blanche pour me célébrer chaque jour à l'église. Je gérais le commerce et comptais les sous. J'ai tout fait, et c'est l'amour de ton père et de ta mère que tu réclames aujourd'hui ? Si c'est ainsi, tu peux mourir, ça m'est égal. » Dieu enfin lui était apparu. Ivre et nonchalant, tenant à peine sur ses jambes, à beugler des insanités, de l'écume à la commissure des lèvres.

Le fumier au fond du jardin brûle doucement, ça sent le mouillé et la terre. C'est un feu de peu d'importance. Dans le four, un clafoutis aux griottes cuit. La longue haleine sucrée se rue jusqu'à la porte d'entrée de la maison qui vient de s'ouvrir. Éléonore imagine les mains qui ont pétri la pâte, elle reconnaît les parfums de cuisine et de femme et court se blottir, sans se débarrasser de son sac d'école, dans les bras de sa mère.

Les murs de la cuisine viennent d'être repeints en rouge, mais le plafond a gardé sa couleur d'origine, blanc, vaguement gris. La pièce est haute et sa mère aussi, c'est du moins l'impression qu'a l'enfant lorsqu'elle la regarde se déplacer, sous l'ampoule du plafonnier, les yeux coupés d'ombres triangulaires.

Elle aide sa maman à essuyer la petite vaisselle, qu'elle dépose sur le torchon immaculé utilisé comme séchoir.

« Tu n'es pas obligée de tout ranger », sourit la mère.

Assise sur le canapé, elle raccommode les trous des chaussettes et des pantalons. Éléonore est à ses côtés et sort un à un de la boîte à bonbons des boutons de culotte et de chemise. Sur le plateau ciré de la table à manger, les boutons glissent sous son index et dessinent une fleur, un arbre, un soleil, l'œil d'une tête multicolore.

C'est dimanche matin, les parents partent faire les courses. Éléonore les attend sur les marches du perron. Éléonore n'aime pas le fumier qui moisit au fond du jardin et ne s'aventure jamais là-bas.

Le dimanche, les adultes restent plus longtemps à déjeuner. Ils fument, mangent et palabrent pendant des heures, les coudes appuyés sur la table aux pattes de sauterelle dépliée pour l'occasion. La petite s'enroule autour des pieds de la chaise où son père est assis. À la manière d'un jeune lierre grimpant, elle s'aide d'un bras pour remonter et venir camper là dans le creux du nid, indéfiniment. Rien ne la décide à partir jouer avec les autres enfants. Elle chérit ce bras posé sur le sien qui agrège leur dissemblance d'homme et de fillette en un même corps. Lorsque leurs bras se touchent, elle n'en sent toujours qu'un, le sien, mais sublimé par la force d'un géant. Elle est le géant, le même homme que lui.

À côté du père, toujours à portée de main, le paquet bleu drapeau de ses gitanes. À l'intérieur, des cigarettes neuves et bien rangées, repassées à l'amidon et prêtes à griller. C'est irrésistible de soulever la langue de carton, de faire coulisser la boîte et de découvrir chaque fois avec le même émerveillement les fabuleux papiers d'argent. Seul un alchimiste savant, ingénieur de l'impossible, pouvait assembler l'eau et la lumière dans une simple feuille de papier. C'est beau comme un bijou. Le pouvoir d'une telle chose ne relève que du terrible et du sensationnel, pense l'enfant qui envie les grands de tenir le monde entre deux doigts et rêve de sa première cigarette. Elle pense : « À quand le sacerdoce qui m'unira au dieu Fumée, libre moi aussi ? »

Comme la fumée...

La fumée bleue des gitanes dans la salle à manger.

Devient blanche.

La lumière du dimanche après-midi creuse la nappe. Les hommes ont disparu. Les chaises abandonnées semblent stupéfaites qu'on les ait laissées vides.

Les jours de semaine, c'est différent, les enfants prennent leur repas dans la cuisine et se couchent plus tôt. Ils voient rarement leur père, qui rentre tard et repart à l'aube de la même nuit au volant de son poids lourd.

Plongés dans le noir, les deux enfants suivent à l'aveugle les variations sonores des disputes de leurs parents dont les ombres nerveuses interrompent, façon morse, le trait de lumière dessiné sous la porte de leur chambre à coucher.

Une autre plainte s'entend à quelques pas seulement du grillage de leur jardin. Elle vient du fond de la nuit et du bout de la rue. Les lamentations d'une vieille armée de wagons rouillés qui se traîne vers sa destination finale, dans la gare de triage située en marge de la nationale, à cent mètres de la maison. « Des trains qui n'en finissent pas de mourir », écoute Éléonore de son lit.

Elle ne ferme pas les yeux avant de vérifier une dernière

fois à quoi ressemblent les deux petits anges que sa mère évoque tous les soirs au moment de la coucher. S'ils flottent bien au-dessus d'elle.

Objets, vivants, invisibles, Éléonore ne fait pas de distinction, les trains crient bien.

La déflagration des moteurs à essence fait trembler les vitres de la maison qui donnent sur la rue et vient se fracasser en avalanche sur le carrelage du salon. En sourdine, l'espoir agite les épaules de la mère, qui ne peut s'empêcher de suivre chaque rumeur jusqu'à disparition complète du bruit, puis se tapit dans l'attente de nouveaux grondements. À chaque passage, son cœur bondit et se rassoit, déçu, sur le canapé trop bas.

« Il rentrera encore tard, à pas d'heure. Moi, au moins, je suis là et je les protège. Toute seule, je suis seule avec mes deux enfants. »

Elle compte les heures, les jours, les semaines, elle compte ses enfants dans la chambre ; deux, deux enfants. Elle compte combien une chemise de nuit plus seyante pourrait racheter d'années à sa jeunesse. Elle retourne sa vie dans tous les sens et dans ses draps mouillés.

Dieu que les nuits sont longues, comparées à ces quelques minutes finalement passées avec lui, qui n'a pas dormi, le visage cramoisi par une soirée sans fin de copains, d'alcool et de fatigue. À peine a-t-il coupé le moteur de son camion qu'il repart déjà travailler. Elle, elle reste plantée là, un couteau dans la gorge. Elle vitupère, qu'il est un alcoolique, un mauvais père. Elle doit être laide, ainsi, les veines gonflées sous la peau des tempes et le ventre qui se lève comme une brioche mal cuite. Un sanglot trop gros lui déchire la gorge. Il repartira changé, les vêtements propres et repassés, mais avec le même blouson de voyou et son air de mal-compris roulé autour des épaules.

Pour faire cesser les pleurs, et contre l'avis du médecin, la maman a emmené Éléonore à l'hôpital se faire enlever l'appendicite. Le soir, après l'heure de la visite, un grand vide serpente dans les couloirs et frappe à toutes les portes. Éléonore, malade, regarde la sienne se refermer sur les deux silhouettes à l'aquarelle de son père et de sa mère. De son lit, engourdie, elle cherche en vain à les retenir, mais inutile, la nuit les a épongés d'un coup. Elle ne peut crier, la même douleur lui serre le ventre.

« Ils sont partis pour toujours. »

Une odeur de mort circule qui rappelle à l'enfant la rhubarbe qui pousse dans son jardin. Enfouie sous les couvertures, Éléonore a peur et compte comme sa mère en sanglotant : « Papa vide, maman vide, où sont-ils ? Disparus, aspirés. Ils ont été emportés. Ils sont morts sur le chemin… »

Elle n'a jamais eu l'appendicite, et maintenant, c'est sûr, elle ne l'aura plus, mais elle a toujours mal au ventre. À se tordre.

Il est rare d'entendre parler de vacances. Les vacances, c'est quand les enfants ne vont plus à l'école. Ils resteront à faire du vélo ou du patin à roulettes sur la rue principale et, souvent, disparaîtront des journées entières dans la carrière située juste derrière le grillage de leur jardin. Le terrain vague s'étend, vaste comme un pays. Il ne se passe pas une journée sans que Luc ne ramène de la mare aux têtards quelques orvets, morsures de chiens ou histoires incroyables. Soumise au droit d'aînesse que celui-ci lui inflige, Éléonore doit croire tout ce que son frère lui raconte. Depuis que leur mère a repris son travail, Éléonore n'ose plus s'aventurer trop près du grillage, de peur qu'il ne la traîne de force jusqu'au repaire des brigands où grouillent les orvets. Elle se contente, sagement, de faire la ronde dans le jardin et de s'assurer de la tranquillité des lieux avant de reprendre ses jeux imaginaires.

Elle se rend bien compte des tours que lui jouent les pierres et les bâtons laissés exprès ici et là mais fait mine de ne rien voir. Éléonore va s'asseoir sur les marches du perron, lève ses genoux à hauteur du menton et soupire plusieurs fois, laissant rouler sa tête sur ses avant-bras. Les trèfles curieux rampent jusqu'aux marches de l'escalier pour établir le contact et la voir de plus près, mais il semblerait que la petite s'ennuie et se laisse aller à quelque tristesse. Les graviers, toujours inquiets, se dépêchent d'arriver par vagues, en bandes de quatre ou cinq dizaines, de venir gloser, le cas échéant. Sous les troènes, le silence règne. Les cailloux, vigilants, se taisent. Ils supputent que quelque chose de grave est en train d'arriver. En effet, l'ombre des 5 heures monte vite. Elle a déjà couvert une bonne partie de la rue d'en face et du poteau électrique. Elle s'étend rapidement jusqu'à la première marche du perron où Éléonore rêvasse. Déjà l'ombre passe à travers ses tibias, repeint les pleins de l'escalier et remonte jusqu'à ses genoux. La tête appuyée sur ses mains, l'enfant dessine des rêves flous et ne se rend compte de rien, alors que la marée silencieuse progresse. Ses coudes comme deux pailles aspirent l'eau noire, ses bras se remplissent.

« Il faut faire quelque chose ! » hurlent les graviers, et le sol se met à trembler. Tous s'alignent en rangs serrés pour assurer la ligne de front. Les pistils sonnent l'alerte, les trèfles se signent et entament des prières sentimentales pendant que les roses tournent de l'œil et manquent de s'évanouir. Les pivoines ne s'en laissent pas conter et se gonflent de sang. Entre deux respirations, l'achillée se retient d'éternuer. Tous sont prêts à agir, même les herbes de la Saint-Jean se sont déplacées.

Mais avant que l'ombre ne la fasse complètement disparaître, Éléonore s'est levée pour aller voir le soleil se coucher. Le jardin a eu chaud. Pour finir de les divertir, Éléonore grimpe sur la plus haute branche du griottier, et, le cœur battant, se lâche dans le vide. Personne ne connaît mieux cet arbre qu'elle et, de tous ses amis, cousins, frère, elle seule est capable de monter jusqu'à la cime et de s'en jeter. Les vivants savent qu'ils peuvent toujours compter sur elle.

Faisait-il si noir dans la chambre des enfants que personne ne pût l'y voir ? Allongée sous son lit, Éléonore se cache pour pleurer. Elle accroche ses doigts aux ressorts de son sommier. Autant de doigts entortillés dans les grilles de son sommier que de prières suspendues aux branches d'un arbre. Mais elle ne connaît pas de prières, n'a que ses doigts pour accrocher ses rêves. Faisait-il si noir dans la chambre des enfants que personne ne pût l'y voir ? Possible, alors, qu'une rivière souterraine l'ait emportée.

2

De rien
D'un grain d'un oubli
Naître de rien
D'une poussière d'un terrain immense
D'un jeu sans limites
De rien je viens à rien je vais
M'absente en permanence
Je disparais
Ah ne plus exister
Quelle légèreté de n'être pas
Et quel poids de n'être rien
Je suis née d'un gravier
D'un chuintement inconnu
Entre deux feuilles de papier
Si le papier avait existé
Ou bien chienne ou bien bossue
Suis-je née du pas d'un boiteux
D'un monde intermédiaire
D'un tissu de crêpe entre une vague et un creux

D’une synapse électrique
De la traînée de bave
D’un épileptique
Et de loin des sons me parviennent
Ceux d’un animal qui crie
Quadrupède chienne ou rampant
Je me couche sur son lit
Mes doigts écartelés miment la cime des étoiles
Je glisse ne sais me dessaisir
De cette envie de vivre
Par intervalles
Ressurgissant de la terre
Je suis montée à l’envers
Je suis née de rien
D’un bracelet de riens
D’une écorce d’arbre pelé
De la toux d’un vaurien

3

Anatomie

Lorsque je me déshabille, je commence toujours par le bas, par la partie inférieure de mon corps, la plus lourde, celle qui supporte la supérieure. Le pantalon descend le long de mes jambes et je me retrouve ainsi en culotte, exhibant la partie de mon corps qui me met le plus mal à l'aise, celle que j'aime le moins mais qui pourtant est toujours celle par laquelle je commence à me déshabiller.

Il y a bien longtemps de cela, je rencontrai une chanteuse, qui ne travaillait plus trop comme chanteuse mais qui jouait dans des films, occasionnellement. Depuis les couloirs des studios de la Victorine, la chanteuse à la voix cassée débarquait, sûre d'elle et extravagante, toujours précédée de ses vocalises, qui fanfaronnaient son entrée imminente sur le plateau. Avant de passer devant la caméra, à l'aveuglette, elle magnifiait le vert sous-bois de ses yeux d'une poudre d'or cuivrée dont elle seule avait le secret ; un vrai coup de pinceau professionnel. Je la regardais savoir être belle. J'avais seize ans, ma carrière d'actrice débutait à peine, je ne savais pas me maquiller comme ça, ni être belle. Tout était une découverte. Assise aux premières loges, accroupie sur un cube ou perchée n'importe où, je n'étais jamais loin de l'épicentre du tournage, là où est la caméra, là où tout peut arriver.

Nous nous sommes donc trouvées, elle et moi, coincées dans le périmètre exigu d'un décor de studio à jouer le quiproquo d'un vaudeville parisien. Moi, la jeune maîtresse, et elle, l'épouse trompée. Une chambre à coucher, deux femmes, deux corps. Le cauchemar commençait. La scène exigeait que je me dénude. Et c'est ainsi que sous les yeux, gentiment voyeurs, du metteur en scène et, sans merci, de ma partenaire, certes plus âgée mais à la beauté et aux mensurations parfaites, j'entamai mon déshabillage.

Alors que je m'apprêtai, un peu gauche, à défaire mon pantalon, la chanteuse, mue par un étonnant réflexe de solidarité féminine, m'interrompit et me dit : « Par le haut, tu commences toujours par le haut. Après, tu as le temps... »

L'info était précieuse. Soulagée de ne pas avoir à montrer mes cuisses, je la remerciai aussi vivement que si elle venait de me sauver de la noyade. En effet, le temps que les boutons se défassent l'un après l'autre, que les deux manches du chemisier glissent de mes épaules, la scène était dite, entièrement.

Pliée en deux pour dépouiller mes jambes de leurs oripeaux, j'aurais laissé l'avantage à la gravité pour enlaidir mes seins et mon ventre suspendus à l'arceau de mon humiliation consentie. Je n'aimais pas mon corps. Révéler ce que j'aimais le moins de mon anatomie trahissait un dénigrement de ma féminité. Elle savait être femme et moi pas...

Vingt années ont passé. Peut-être vais-je m'entretenir de cela avec Louise, la fille de la chanteuse, qui veut me rencontrer pour me parler du film qu'elle souhaite réaliser. Nous avons rendez-vous dans un café situé à côté du Louvre, je me dépêche d'arriver. Je m'introduis, sûre de moi, la veste tombée, déjà prête à la rejoindre à côté du bar, mais ce café, d'apparence modeste vu de l'extérieur, se révèle impressionnant par sa profondeur. Sous mes pas, le champ s'étire à mesure que j'avance. Il me faut emprunter un plus long parcours et exécuter de plus grandes enjambées que celles auxquelles je m'étais préparée avant d'atteindre la table du fond où elle m'attend.

« Elle est belle », me dis-je en la saluant. Nous avons la même couleur d'yeux. Ce vert vase que produit le mélange de l'eau salée à l'eau douce, le vert des étangs, de la moisissure, des sous-bois... Le même vert exubérant, je le reconnais sans hésiter, qui m'a sauvée de la noyade des années plus tôt.

À peine ai-je eu le temps de m'habituer aux traits affûtés de son visage, à ses mains fines et longues, qu'elle se lève de sa chaise, dominant ainsi ma position assise, et me plante dans les yeux le tronc de sa cuisse puissante, aussi épaisse que le corps d'un homme entier. Je ne m'attendais pas à toucher du regard une telle masse. Une pièce de bœuf pendue à un crochet dans la chambre froide d'une boucherie ne m'aurait pas plus impressionnée. Au-dessus de la cuisse, le « S » du ventre enrobe la taille et s'enroule jusqu'aux fesses, comme la guimauve autour d'un bâton. Ses hanches et son fessier se soulèvent bien au-dessus de la table où je suis assise, les yeux scotchés sur son jean moulant. La peau saine et bien tendue sur l'ossature de son visage m'avait informée, quant au reste de sa personne, d'une tout autre nature. À l'image de ce café, à l'allure modeste mais dépliable à l'infini, toutes choses complices d'une illusion d'optique, d'une réalité plus complexe.

Elle finit de passer sa commande et se rassied face à moi. « Lorsqu'elle se déshabille, par quoi commence-t-elle, par le haut ou par le bas ? » La question me revient à l'esprit...

« Voilà une histoire de femmes », me dit-elle en me tendant son scénario, si belle et voluptueuse.

Je la crois d'emblée, vu la taille de sa cuisse.

« Il s'agit d'une histoire d'amour. »

Forcément, quand on à ce corps-là.

« D'une mère et de sa fille, et du premier amour à la vie à la mort. »

Cette femme cherche l'amour. Indubitablement. Elle a les coudes posés sur la table de bistrot, ses longues mains baguées de bijoux délicats viennent essuyer des gouttelettes de sueur au-dessus de sa lèvre supérieure. Elle me raconte des amours adolescentes inspirées du journal intime de sa fille dont elle s'est emparée pour écrire son film. Une histoire simple, de gens normaux. Elle me propose le rôle de la mère. C'est-à-dire de l'interpréter, elle.

Louise, je l'ai déjà rencontrée. Quelques années plus tôt. Son image, je l'avais enregistrée dans ma boîte à personnages, frappée par un je-ne-sais-quoi, intriguée par son aura.

1983. Boulevard des Batignolles. À la sortie du théâtre Hébertot, deux jeunes filles vont se croiser. Chacune appartient à un groupe. La plus jeune, Sophie, sort à peine de la représentation et traîne avec ses amis sur le trottoir pour discuter de la performance, lorsque le deuxième groupe arrive. On y remarque Louise, entourée d'un peloton de jeunes et jolis garçons, qui se déplace avec son essaim d'abeilles, royale. À l'exception de Sophie, un peu timide, Louise connaît toute la bande. Les deux adolescentes n'ont qu'une année de différence, mais un monde les sépare. Louise commande aux jeunes et jolis de la suivre. En batterie, cette fois, et sans dire un mot, l'essaim part vers la place de Clichy.

La reine des abeilles est devant moi, aujourd'hui, réincarnée dans un corps de femme. Un corps imposant et disparate. Néanmoins, son sourire est éclatant. Face à elle, je me sens un peu comme un lézard en train de se dorer la pilule, c'est agréable. Je prends de ses couleurs, de sa chaleur et de son énergie qui coule à flots. Toujours, des perles de sueur apparaissent sur sa lèvre supérieure.

Elle parle de la vie comme du cinéma, elle cadre serré, en plans si rapprochés qu'on pourrait presque tous les embrasser, les Brad, les Tom ou les Ryan. Des films d'amour, avec mode d'emploi et happy end inclus. Louise use du rêve américain comme d'un vernis impeccable, le même qu'elle se met sur les ongles, qui la protège des agressions. Pourtant, la couleur de ses yeux passe de l'ambre au vert forêt et assombrit son regard de tristesse.

Comment n'ai-je pas remarqué tous ces gris-gris autour des poignets et accrochés à son sac ou à son téléphone ? Des messages cousus par dizaines dans les fils de ses habits. Des broderies de cœurs et d'anges ailés, de vierges transies priant les mains jointes. Des *peace and love*, en paillettes, sur un poney arc-en-ciel, en diamant autour de l'index, comme autant de signaux de détresse. Elle est scarifiée de *love*, des baskets jusqu'au bout de ses doigts où les quatre lettres collées, chacune sur un ongle, composent le mot pieux de l'amour. Mais à qui adresse-t-elle toutes ces prières, ces ex-voto fashion, ou, plus secrètement, celles qu'elle note sur des petits papiers et qu'elle coud dans ses ourlets ? Sont-elles le prologue de son scénario ou les dessins d'une enfant trop jeune encore pour savoir écrire et qui conjure les dieux de lui donner l'amour ?

1970. Banlieue parisienne. Sophie dans son jardin, elle a quatre ans. Elle voit sa mère arriver, une bassine pleine de linge dans les bras. Elle court à sa rencontre et se jette entre ses jambes. La mère pose son barda à terre pour enlacer sa fille et l'embrasser. Leurs corps se confondent.

1970. À la campagne. Louise dans un jardin, elle a cinq ans. On l'appelle. Elle se dirige vers une maison où une dame l'attend. « Viens voir ta maman à la télé. Regarde comme elle est belle et comme elle chante bien. On dirait que vous avez les mêmes yeux. » La petite fille se détourne de l'écran et s'échappe en courant.

« Une mère nous sépare », dis-je sans réfléchir.

« J'étais la seule orpheline qui avait des parents », répond-elle, amusée, tenant son verre de jus détox de ses doigts bijoutés.

Elle me raconte les épisodes de sa vie comme ceux d'une série télé qu'elle écrira certainement.

Ça commence comme ça, à la campagne, chez des vieux qui avaient un jardin et des lapins. Elle avait deux ans. Les familles d'accueil, les pensions, dix mois de l'année, jusqu'à l'âge de douze ans, les deux mois de vacances obligatoires que ses parents sectionnaient en huit ; ça faisait moins long la garde à chaque fois. Certainement qu'un beau gosse va débarquer pour les derniers épisodes et lui sauver la mise, sinon à quoi serviraient tous ses vœux pieux ? À quoi lui servirait le cinéma ? Il est sa cure, son lait, son sucre.

Le poids de chaque minute dans ce café pèse une vie. J'ai en tête le plan cadastral de toute la famille, maintenant. Morcelé et disparate comme elle. Branchée à Louise, je me charge jusqu'à la nausée. Je suis actrice. Une guérisseuse. C'est ainsi. Ça passe par moi et ça nettoie. Ça secoue aussi un peu, comme dans le tambour d'une machine à laver. On en ressort ébouriffé, mais dégraissé. Mon corps dialyse les peurs, garantit l'homéostasie des sentiments. Je suis une synapse, un passage, un lien, un émetteur aussi.

J'ai appris à jouer de la lumière et de l'apparence sur des écrans 3D plats comme des soles. Mon corps se dématérialise. Je suis Neo que les balles traversent. Je n'ai aucun mérite, c'est le cinéma qui fait tout ça.

Louise tient son scénario entre ses mains fines et soignées, et moi, je tiens sa vie entre les miennes. Le pacte est scellé.

Nous avons fait le film ensemble.

« Lorsqu'elle se déshabille, par quoi commence-t-elle, par le haut ou par le bas ? » Je lui demanderai une prochaine fois, ça a commencé comme ça, et ça continuera comme ça. Nous nous sommes étreintes et nous nous sommes guéries, sous l'œil magicien de la caméra et le regard fécond de la Lune, mère de l'éternel féminin.

4

La piscine

Mon ami Antoine est venu me demander si les seins de la créature allongée au bord de la piscine étaient des vrais ou des faux. Dans son regard brouillé et le son de sa voix étranglée grouillait encore, gesticulait, telles de grosses méduses prises vivantes dans le filet d'une épuisette, la gélatineuse moiteur des seins de la jeune femme. (Il avait voulu les avaler, ils étaient restés coincés dans sa gorge...) De gros seins ronds et tendres recouvrant la totalité du buste étroit de la naïade qui, étendue sur le dos depuis le matin, prenait la pose interminablement, comme si la réalisation de son propre moule, dans lequel elle jouissait de se voir multipliée, seule l'occupait. Pendant qu'elle lisait, imperturbable, ses seins faisaient tout le travail... Ils ondulaient dans un spectacle aquatique, à la manière de deux anémones de mer offrant au premier venu leurs lèvres gourmandes et charnues. Tapie dans l'immobilité, elle attendait patiemment le premier qui viendrait se faire déchiqueter. J'eus de la peine en imaginant mon ami découpé en sashimi, et lui assurai donc qu'ils étaient faux, que ses deux gros seins étaient faux.

Antoine était divorcé depuis peu et je ne lui avais connu que des partenaires à petite poitrine, au corps maigre ou peu développé. Il aimait les femmes compliquées, à en croire ses plaintes et ses regards vacillants dès qu'une emmerdeuse approchait. Celle-ci en était une sans aucun doute, on le sentait à sa manière de brouiller les ondes. Sauf qu'elle avait de gros seins. La persistance de son immobilité attirait les énergies dans sa zone et nous y engluait. La couleur sucrée de ses épaules et le sirop de sa peau y étaient aussi sûrement pour quelque chose. Antoine était presque choqué d'imaginer ce qu'il pourrait faire avec ces seins-là. L'idée de répondre au signal de la jeune femme qui s'exposait devant lui, une femelle riche, belle et féconde en quête d'un reproducteur du même gabarit, l'effarait.

Il s'était réfugié près de moi, sachant que je me chargerais de détruire cette image trop parfaite à laquelle il ne pouvait aspirer. J'étais assise dos au soleil couchant, et mon ombre le protégeait. Mon buste en guise de paravent, ou de confessionnal. Il fallait bien que je lui explique ce qu'est une anémone. Qu'en vérité il s'agit d'un polype solitaire, mou (puisqu'elle n'a pas de squelette). Qu'elle vit sur un seul pied pour s'ancrer dans le sable, surmonté de tentacules lisses, pointus ou arrondis, disposés en cercles autour de la cavité buccale, orifice qui lui sert en même temps (et je la lui fis courte) de bouche et d'anus. C'est une habituée de l'hôtel qui m'avait éclairée sur la présence de ces anémones de mer. Comme celle-ci, dis-je à mon ami, une artiste en mal d'inspiration, paraît-il, qui vient chaque année pêcher au bord de la piscine. D'après l'habituée, elle raconte qu'elle ne se sent jamais aussi belle qu'enceinte et grosse de surcroît, le ventre rond et la taille épaisse, alors que, entre deux gestations, elle se fait vomir pour ne pas prendre de poids. « Tu vois, dis-je en riant à Antoine, ça rentre et ça sort par le même trou, tout ça, laisse tomber ! » Il m'écouta, un peu déçu quand même de n'être qu'un homme et non un petit poisson.

L'anémone n'a pas bougé d'un pied de tout l'après-midi et, par contraste, le monde autour semblait s'agiter en accéléré. Puis, le soir venant, son corps de jour, couvert de résine, s'en est allé, tremblant sur ses sandales à talons compensés, se transformer en corps de nuit. Enfiler un voile de soie moulant ses deux gros seins et le reste de son corps étroit.

Des lépidoptères venaient se cogner sur les lampes extérieures du restaurant et, inlassablement, recommençaient sans rien pouvoir y faire.

Antoine demeurait muet, assis face à la nuit. Ni la femme ni les allées et venues des figurants ne semblaient troubler ses pensées. Il ne s'était pas changé, il avait remis son tee-shirt par-dessus son maillot de bain encore humide. Une zone sombre lui corsetait la taille, mais Antoine ne s'émouvait plus de ses habits mouillés ou des seins de la jeune femme. C'est à l'intérieur de lui-même qu'il regardait désormais, quelque chose que personne ne pouvait voir, un embarras. Un sentiment de non-appartenance.

La tache grandissait et son corps ramollissait à vue d'œil, attendri par les effets palliatifs de la nuit. Je restai vigilante : je savais que, au moindre mouvement, il risquait de se dissoudre.

Elle s'était accoudée au bar, les jambes croisées et le dos droit. Ses gestes étaient lents, calculés et ne dépassaient pas la largeur de ses épaules, comme si le monde s'arrêtait à l'ourlet de ses manches et à sa robe moulante. Seul le bandeau de ses cheveux blonds aplatis sur sa tête attrapait la lumière des néons et scintillait à la ronde. Mais un infime déplacement, une sortie de cadre et son corps de sable s'effondrerait. Déjà le contour de sa silhouette s'effritait et devenait de moins en moins précis.

Je les implorai de prendre une grande inspiration et de revenir parmi nous ; rien n'y fit. Les seins de la jeune femme doublèrent de volume alors qu'elle avalait des litres d'air. Mais il devait y avoir une fuite quelque part, leur corps à tous les deux décroissait.

Je conseillai vivement à Antoine d'enfiler d'autres habits sous prétexte que nous devions passer à table. La tache humide avait augmenté depuis tout à l'heure, des reins elle avait gagné le plexus et s'étendait comme la lèpre. Il m'écouta, reconnaissant que l'on s'intéresse à lui, et alla se changer. Il sortit de sa chambre sculpté dans un nouveau tee-shirt blanc, gonflé à bloc et bien coiffé. C'est à ça que sert une amie. Il s'en était fallu de peu, une fausse manœuvre et la nuit l'aurait embarqué.

Au petit matin, l'hôtel dormait, personne n'était encore levé. Sur le bord de la piscine, une serviette à forme humaine traînait, inerte, à mes pieds... Comme une robe qu'on a laissée glisser, une peau qui s'est décollée, morte. Je reconnus les formes du buste étroit, du silicone imputrescible de ses gros seins ; le reste des chairs avait dû fondre. La créature s'était métamorphosée.

Son moule lui aurait alors servi de baignoire, tant elle s'était amoindrie.

5

Elle ressemble à un cœur fragile
Petite ardoise grise et noire
Que le sable a modelé cisaillé de ses dents
Écorce tendre des feuilles d'argile

Les pierres aussi ont un corps
Des veines un ventre une ardeur
Suffisamment de matière
Pour dessiner un cœur

Du pied je l'ai heurtée
Sur un chemin isolé
Près de la mer je me souviens
J'avais un ami il n'est plus mien

Le caillou lui n'a pas changé
Reposant là sur un plateau de bois
Toujours vivant et glissant
D'un pied à l'autre du bouddha

Il m'impressionne son petit corps de pierre
Comme il est rigoureux tout cabossé
Il rit de ma sentimentalité
Un cœur est un cœur ma chère

Pas la peine de pleurer
Et prends-moi dans ta main
Je n'y suis plus retourné
Là-bas sur le chemin

6

Khristos phorein

Des mains comme ça, je n'en avais jamais vu, et encore moins sur un homme qui n'avait pas trente ans. Un mikado d'os et de veines balafrait ces mains sans chair – autant de veines que d'accidents. On aurait dit des cicatrices encore fraîches et cousues sous la peau. Elles filaient de ses avant-bras jusqu'au bout aplati de ses doigts, semblables à ces petites feuilles de lierre dont les nervures ventousent les murs. Ces doigts squelettiques détonnaient violemment avec les manches moelleuses de son sweat-shirt de coton blanc. Je devinais à la propreté du vêtement que ce jeune homme venait d'un milieu aisé ; ou peut-être existait-il de meilleures lessives que celles du supermarché d'en bas de chez moi ? Ou peut-être encore – je compris plus tard que c'était possible, pour l'avoir observé parmi ces gens-là – qu'il ne remettait jamais le même habit deux jours de suite. (J'entends ma grand-mère, fléchie sur sa pierre à laver, maronner des injures.)

Le salon parisien où nous nous sommes rencontrés la première fois affichait des tendances résolument modernes.

Un appartement aux formes arrondies offrant beaucoup de clarté et une vision d'ensemble immédiate. Plusieurs niveaux composaient le lieu d'habitation. L'espace tout entier semblait tenir entre deux escaliers. Le ciel en coupole déployait sa gloire sur les étages inférieurs. De nombreuses terrasses, baies et autres balcons ceinturaient l'ensemble. Une impression de verticalité qui rendait noble et d'horizontalité qui faisait riche. Dans ce petit théâtre, toute l'attention était dirigée vers une scène : la salle de réception. Sur la moquette frisée du salon, mes pas flottaient comme sur un nuage. Le risque de me prendre les pieds dans un tableau de maître posé à même le sol m'inquiétait.

Car des œuvres d'art et du mobilier de créateur, il y en avait partout, mais je ne remarquais leur valeur que lorsqu'il s'agissait de meubles fonctionnels, table ou autre fauteuil, sans apprécier leur style, leur modernité et qu'ils soient si beaux. Malgré mon récent succès et mon élévation par l'ascenseur social, j'en étais restée, en matière d'esthétique, aux étages du goût triste et moralisateur des gens pauvres.

Ici, tout était « luxe, calme et volupté ». Entre deux éclats de rire, qu'elle poussait jusqu'à l'évanouissement, la maîtresse de maison s'affalait gracieusement sur le canapé du salon pour reprendre sa respiration. Ne sachant que faire de ses jambes, aussi longues que le canapé, elle les repliait sous elle, façon yogi. Ses bagues trop larges tintinnabulaient joyeusement et me firent remarquer que, comme lui, elle avait les doigts noueux, les mêmes sarments de vigne, armés, pour les siens, d'ongles rouges à leur extrémité. Des doigts de femme araignée. Des personnages comme elle, j'en avais déjà vu, à la télévision, quand j'étais gamine, dans l'émission *Au théâtre ce soir*, mais des comme lui, jamais.

Le jeune homme parlait si fort qu'il en faisait taire les autres. Son enthousiasme à tout propos était la clef magique de l'amabilité qu'il récoltait des convives, conquis par tant de passion. Compte tenu de mes origines prolétaires, je ne pouvais rivaliser d'aisance avec un tel partenaire. Je m'isolais donc dans mon col roulé et tentais de compter les plis de ma jupe antédiluvienne, quand, du tréfonds de mon lainage, j'entendis le râle sonore de sa voix :

« Je garde les traces d'un collier de chien que j'ai porté autour du cou, il y a longtemps, c'est aussi la marque de ma décapitation, pour un méfait que j'ai malheureusement oublié. » (Il semblait désolé d'une telle impolitesse, d'être sans tête et si vieux, d'un âge quasi préhistorique.)

Effectivement, je notai autour de son cou le relief d'une cicatrice. Était-ce la trace d'un collier de torture ? Comme ceux que les Espagnols utilisaient pour enserrer le cou de leurs victimes indiennes, laissant les chairs pourrir d'abord, puis la gangrène provoquer une mort lente ? Ou bien peut-être l'avait-on décapité et réparé plusieurs fois, à la manière des Romains qui remplaçaient les têtes des statues des dieux grecs par celles de leurs propres idoles ? Je remarquai encore de petites coutures en pointillé, comme les marques d'un fil barbelé grâce auquel l'assemblage tenait toujours. La longueur du cou se voyait sans doute réduite, à chaque opération, de quelques millimètres ; c'était à ça que l'on pouvait calculer son âge.

« Rien d'étonnant à ce que cet homme-là ait plusieurs milliers d'années », pensai-je. Je l'imaginai nu, courant sur les terres arides du Transvaal, et décelai alors du sel de mer encore incrusté dans les pores de sa peau, identique à la poussière du diamant. Et ses yeux avaient trop regardé le soleil.

M'avait-il parlé ? Ou délirais-je, planquée dans mon col roulé, à espérer capter son attention ? Moi aussi, j'avais fait des choses remarquables. Mais comment oser prendre la parole et interrompre la conversation ? Comment oser tout simplement être écoutée ?

J'essayais d'avaler mon ravioli aux asperges, étouffée dans ma serviette, personne ne m'entendait déglutir à sec et m'étrangler pendant que, assis à l'autre bout de la table, le beau prince volubile parlait à gorge déployée, il rayonnait.

Mais comment pouvais-je être aussi banale ?

Mes fesses macéraient dans le cuir suédé du fauteuil, le temps que finisse la soirée. Les lumières tamisées s'endormaient comme des fleurs et laissaient les derniers invités partir, non accompagnés, jusqu'à la porte d'entrée, marchant, rapetissés, dans leur grand manteau noir. Sur le palier, dans la foule des mains levées et des phrases superflues, j'ai tenté un bonsoir, mais on ne m'a pas entendue. Je quittai le théâtre. Rideau. Le premier acte s'achevait. La rencontre n'aurait pas lieu ce soir-là.

Il aura fallu convaincre Cronos de réviser ses tables de calculs et de m'accorder un délai supplémentaire.

Il était loin, à des milliers de kilomètres, et me tournait encore le dos. Il arpentait le Pacifique, victorieux et *successfull*. Le prince subjuguait les foules.

Moi, j'avais vieilli, j'avais vingt ans de plus et mon regard n'avait pas été épargné. Sur la petite scène terrestre, je me voyais m'assembler tant bien que mal, en sueur, m'entremêler, m'embrouiller, mélanger ma salive à du vivant et frotter mon corps d'insecte contre un autre pour tenter de fabriquer quelque chose. Mais combien de fois fallait-il recommencer des vies qui semblaient déjà entières ? Des nuits et des jours de tourments, des projets de papier qui brûlent et réduisent les promesses en cendres. Des maisons qui se construisent et s'abandonnent, des gens qui disparaissent à tout jamais, ailleurs. Et j'étais toujours vivante, mais pour combien de temps ?

Il n'avait pas changé, le même sweat molletonné, les mêmes tennis blanches immaculées. Un air de chien tout droit sorti du bain, le regard brouillé, une silhouette identique à celle de mes souvenirs, élémentaire et succincte. Le temps s'était posé sur lui comme la poussière recouvre un corps sans le pénétrer.

Il n'avait pas modernisé sa vie de nomade et continuait à parcourir le monde d'hôtel en hôtel. Toujours entre un départ et une arrivée, un déjeuner, un dîner, une gare, un aéroport. Un labyrinthe de couloirs aériens et de couloirs d'hôtels, identiques à s'y méprendre. Les aiguilles du temps, ne sachant plus elles-mêmes dans quel sens tourner, le précipitaient du bar à sa chambre plusieurs fois par jour. Après qu'il avait bu quantité d'alcool, il se perdait dans ces tunnels qui n'en finissaient plus. Usé, il s'asseyait lourdement sur son lit pour compter le nombre de cachets nécessaires à son sommeil. C'était à l'hôtel qu'il vivait, et c'était là que nous nous retrouvions les premiers mois, histoire de mieux se connaître, dans la chambre 421 ou 354, cela dépendait des dispos à long terme.

Toutes les portes étaient insonorisées. Sur la poignée

extérieure était suspendu le message « Ne pas déranger ». Seuls les numéros à trois chiffres, croissants ou décroissants, m'orientaient vers ma destination. Mes pas martelaient la moquette au rythme d'une musique répétitive et angoissante. Je croisais des femmes de ménage, des hommes d'affaires. Sur le sol, des restes de petits déjeuners abandonnés, certains recouverts de serviettes salies.

Il fallait chaque fois que je me présente avant d'entrer. Durant ces quelques secondes interminables, debout, j'attendais mon tour, comme au guichet d'une administration publique. La porte policière me jaugeait de son œil-de-bœuf épinglé en plein cœur de son uniforme couleur cercueil, mutique et incorruptible. Pourquoi me faisait-elle languir dans ce couloir ? Le visage strié d'une gloire macabre que les spots du plafond projetaient indifféremment sur mon crâne, je ressemblais à une fille commandée sur Internet, grossie dans l'œil du judas et payée à l'heure.

Rien ne bougeait dans la chambre, pas un bruit, pas même le souffle de sa respiration. Une église de silence. Les armoires, les miroirs et surtout les verres posés au-dessus du minibar semblaient respecter religieusement la consigne. Un coffre-fort pas plus bavard. Des serviettes chaudes dans la salle de bains, des rouleaux de papier neufs dans les W.-C. Tout était éclatant de propreté, saturé de luxe et d'air climatisé.

Ni les saisons ni les factures d'eau ou d'électricité ne venaient perturber ses matins lourds de somnifères ; il était emmitouflé, tel un agonisant sous sa couette en plumes, et les heures filaient derrière les gros rideaux de sa chambre, fleuris de lys et d'immortelles. Moi qui rêvais d'une maison, d'un avenir immédiat qui aurait le goût d'un baiser hardi...

Je me sentais prise par l'obscurité comme dans un béton qui durcit. Je devais redoubler de volonté pour parvenir à la fenêtre et laisser l'air redonner de la fraîcheur et de la mobilité. Tout ça lui était égal. Increvable et résistant. Le jour, la nuit lui étaient indifférents, la pluie, le ciel bas, la chaleur ou le froid aussi.

Il semblait bâti pour survivre à la fin du monde, pouvant lutter contre le sommeil dans le froid gelé d'une nuit de garde ou encore se briser les doigts à coups de marteau pour obtenir une perm. Fluet, osseux, veineux et fort, très fort. Des doigts qui pincent comme des serres, le dos fait d'une seule pièce. Et surtout, la force de se taire quand on a mal. D'encaisser, d'apprivoiser sa douleur comme l'on muselle la gueule d'un chien.

Il ouvrit son premier Coca de la journée. Le minibar en était rempli ; les canettes prenaient la place des mignonnettes qu'il avait pris soin de cacher dans les poches intérieures de son manteau ou derrière les toilettes, sous son matelas, dans ses chaussettes, je ne savais pas où, je n'avais jamais vu d'alcool autour de lui, que du Coca et des cendriers pleins.

C'était aussi sa première cigarette de la journée. La première taffe, la plus longue, la plus sucrée. J'observais la balle de fumée tourner dans sa bouche avant qu'il la gobe entièrement, un lézard engloutissant sa proie d'une seule lampée. Je découvrais avec amusement, en effet, que ses gestes évoquaient souvent des comportements d'animaux. Il passait naturellement du chien au reptile, du singe au coq. Tout un bestiaire d'émotions qu'il m'était facile de décrypter et qui le rendaient touchant. Je regrettais parfois qu'il ne fût pas plus animal qu'humain. Les animaux ne se cachent pas pour boire.

La fumée ne réapparaissait pas. Je lui fis remarquer qu'il oubliait d'expirer, en apnée moi-même, guettant un signal de sa part, espérant qu'il était bien vivant et que la dose de sucre liquide qu'il venait de s'enfiler suffirait à pallier les manques de l'alcool.

Ce fut la deuxième bouffée qui le délivra.

« À douze ans, j'ai tout pété. La seule bonne idée de ma mère a été de me mettre entre les mains d'une psychothérapeute. Une femme. Heureusement, car il n'y a qu'une femme qui puisse comprendre, je ne sais pas pourquoi, mais c'est comme ça. C'est la seule personne qui me fait pleurer, chaque fois que je la vois ou que je parle d'elle, je ne peux m'empêcher de pleurer. Elle m'a sauvé. J'ai tout cassé chez elle, tout. Elle m'a libéré, et je n'ai commencé à vivre qu'à partir de ce jour-là. J'avais douze ans, et j'ai compris qu'il n'y avait que mes potes qui comptaient, que je n'avais rien à voir avec ces gens qu'étaient mes parents, ma famille qui n'était pas une famille. Des sœurs d'un premier mariage, qui avaient l'âge d'être ma mère, des cousins ou des oncles, je ne sais plus, communistes et bourrés aux as, faisant semblant d'être dans le coup, de maîtriser les dernières techniques de méditation pour atteindre le détachement matériel et l'harmonie cosmique, tu parles. Des bourgeois travestis en beatniks le temps d'une soirée chic et déguisée. J'ai toujours détesté les hippies et leurs sandales, ce sont des poses, c'est tous des fils de riches. Je sais que j'ai raison. C'est comme ça, je te le garantis. Je te le jure. »

Toujours ce point final à toutes choses. Il préférait, à ces singeries de salon, voler la Porsche de son père dans le garage et s'échapper dans la nuit, libre. Un peu saoul et surtout excité de conduire si vite dans les rues endormies de Genève. Avec ses potes, toujours les trois mêmes gosses, seuls et vacillants, en quête de stimulations sensationnelles. S'assurer du poids de leur mortalité, faute de connaître celui de leur existence.

« Je voulais que ça ne s'arrête jamais, moi et mes potes, toute la vie. Mes potes et... mon frère. »

Ses phrases tombaient les unes sur les autres comme les briques de ma maison qui s'écroulait. Ses yeux de billes ne bougeaient plus, deux ambres bleus fossilisés, d'un âge quasi préhistorique. Je reconnaissais bien là sa singularité. Je me disais qu'il en avait vu d'autres, mais moi, ça me ramenait à mon passé : des yeux barbouillés qui me regardaient comme ça, je n'en avais plus envie.

J'ai hésité et j'ai quitté la chambre. Ça ne faisait pas un mois, mais deux, si on comptait ses absences professionnelles, que l'on se connaissait, assez de temps en somme pour saisir le *big picture*, mais pas assez pour déjà me détacher et cesser de croire à l'impossible. Il ne m'a pas laissée partir et m'a rattrapée d'un « Mais moi, je t'aime... », dramatique et enroué. Sa main tenait la mienne, elle ne s'agrippait pas, elle proposait un deal, elle vérifiait si le pouls de mon cœur disait la vérité.

« Mais moi, je t'aime... », répétait-il. Des « je t'aime » dont, à l'instar des aromates rapportés de la Suisse de son enfance, il assaisonnait chaque plat, qu'il fût épicé ou crémeux. Des « je t'aime » à la louche, ponctués de points de suspension, sous-entendant le vrai sujet : « Est-ce que *toi, tu m'aimes, moi* ? » Des « je t'aime » qui se noyaient dans la douche qu'il avait laissée couler tout ce temps. Un fleuve entier de « je t'aime » se déversant derrière la porte de la salle de bains.

Il me jurait qu'il n'était pas comme ces machos qu'il méprisait ouvertement et qui, à peine mariés, trompaient déjà leur femme. Il les connaissait bien pour les avoir connus très jeunes. Pour la plupart, alcoolisés dès le matin. Des hommes aux cheveux gras et au ventre aérodynamique contenu avec peine dans leur chemise bleue, qu'ils s'obstinaient à porter cintrée. Car la chemise fait l'homme et, jusqu'au dernier verre, ils porteraient des chemises car, en vérité, sur leur corps avachi, devenu liquide, le bide boursoufflé de cirrhose, c'était la dernière chose qui se tiendrait raide. Parfois, un pull en cachemire rose tendre était posé sur leurs épaules et faisait la blague. Rose comme les feuilles ultra-collantes des attrape-mouches, rose comme le bout de leur pénis, rose bébé, rose quartz, rose comme le bouton d'un sein qu'ils auraient bien aimé téter, ce rose dont ils se paraient pour attirer des femmes qu'ils achetaient au même prix que leur pull en cachemire. C'étaient ses potes, ses amis les plus chers, qui, depuis leur premier argent, faisaient monter des prostituées dans leur appartement et les renvoyaient toujours mécontents après leur avoir éjaculé dessus… En leur compagnie, il avait perdu sa timidité de petit garçon figé devant le miroir de sa salle de bains, où le reflet de son père en train de se raser n'était jamais apparu.

« Mon père avait plus de cinquante ans d'écart avec moi, il était trop vieux pour que j'aie pu bien le connaître. Je l'ai vu agoniser dans une chambre d'hôpital les trois dernières années de sa vie. Quand j'étais petit, il me parlait d'Histoire et d'enjeux économiques, m'obligeait à lire des livres que je n'avais pas envie de lire. Il souhaitait que je devienne commis dans une banque londonienne et que je porte des chemises et des cravates comme lui. »

À l'odeur insaisissable du parfum paternel s'était substitué le fumet des cigarettes et des alcools lourds, dont, jeune homme, il s'enivrait chaque nuit avec ses *best friends forever*. Ils étaient si jeunes que, même ivres, ils ne le paraissaient pas. Ils devaient gueuler par-dessus le vacarme des enceintes pour se faire entendre, gueuler dans leur verre ou à l'oreille de leur copain. Pouvoir gueuler, c'était bon, ça soulageait le plexus et les entrailles, ça détendait les mâchoires quand elles se coinçaient à ne plus pouvoir ouvrir la bouche.

Il a écrasé sa clope et s'est muré une fraction de seconde. D'un coup de tête en arrière, il a étiré ses cervicales et détendu les muscles de ses mâchoires qui s'étaient contractés.

« Mon père me considérait comme son seul héritier et le seul fils digne de son nom. Je ne comprenais pas... Non, je ne comprenais pas pourquoi... »

Il est allé fermer la fenêtre. La cigarette qu'il venait d'éteindre fumait encore dans le cendrier.

« Le dimanche, nous allions tous les deux à des ventes aux enchères. J'aimais l'excitation qui vibrait dans la salle, les bras se levant pour faire monter les prix. Les gouaches de Marquet, l'expressionnisme allemand, Van Dongen et Fernand Léger, qui reste mon favori. J'aime la peinture et j'aime en acheter. »

L'argent. La seule chose qui avait réellement du sens, et sur laquelle il pouvait toujours compter. Une certaine aisance à vivre, sans se soucier de combien ça coûte. Depuis l'enfance, le jeune prince savait calculer plus vite et mieux que quiconque, jouait avec les chiffres à virgule, pairs et impairs, construisait un monde vertical et solide fait de colonnes, d'additions, de soustractions qui l'occupaient et l'aidaient à se maintenir debout, posté derrière la porte d'entrée, des nuits entières à guetter les allées et venues de l'ascenseur, calculant les probabilités d'un retour inattendu, grâce au nombre d'étages multipliés par les heures d'attente. Et peut-être les faire revenir.

« Mes parents n'étaient jamais à la maison, ils partaient loin et longtemps. Je ne savais pas où ils allaient, ni quand ils rentreraient. » L'argent, lui, ne partait pas. Indemnitaire des absences parentales, des jours sans.

Comme son sac de voyage qui traînait, ouvert au pied du lit, à moitié rempli. Des plaquettes de médocs, des chaussettes, des câbles de téléphone, et une pile de cachemires, bleus pour la plupart, tout le contenu de sa vie dans un bagage. Je ne lui connaissais aucune possession à part ce sac et ses souvenirs, qu'il ressassait en boucle.

Les employés ne faisaient pas de bruit, sauf quand ils frappaient doucement à la porte ou sonnaient le carillon pour signifier leur présence et apporter quelques plats choisis dans le menu du *room service*, présentés sur un plateau, ou sur un chariot qu'il fallait plier pour entrer dans la chambre.

Mes tartines VIP venaient d'arriver, une grande cafetière d'americano et toujours cette horrible salade de fruits où tout se mêlait, comme dans ma tête à cet instant précis. Mais je ne peux pas commencer une journée sans petit déjeuner. Le matin, je suis comme un homme, j'ai toujours faim, rien d'autre ne compte. Le goût amer du café tournait dans ma bouche. Dans le marc au fond de la tasse, mon destin était écrit.

Trois clopes et trois Coca zéro, avalés à la chaîne, il s'est levé, a remonté son tee-shirt à manches longues et montré son ventre.

« J'aime pas le sucre, me dit-il, c'est pas bon pour la santé, ça fait grossir, regarde. Je n'ai pas un poil de graisse. » Et d'enchaîner, tout naturellement : « Petits, mon frère et moi, nous mangions l'écorce des arbres, nous jouions avec des pierres que nous tentions d'avaler ensuite. Ce genre de trucs, quoi. Moi, je trouvais ça marrant, c'était mon grand frère, je faisais comme lui. Je mangeais les arbres. Je me marrais bien, il était drôle. Et puis, un jour, on m'a expliqué que je n'avais plus de frère, que j'étais le seul enfant de la famille, le seul digne de ce titre. L'autre n'existait plus. Il y avait lui à la maison, et moi au-dehors. Dehors, où je faisais flotter le drapeau du prestige familial et, dedans, où j'étais le rouage d'une dictature, le complice des mensonges, assommé de recommandations, assommé par l'espoir qu'ils avaient placé en moi, quatre ans, qui ne comprenais pas pourquoi on me détachait de mon arbre. »

Il devait serrer fort ses mâchoires pour ne pas chialer, et réprimait sa soif d'alcool à grandes gorgées de Coca-Cola.

« Pourquoi devais-je prendre le pas sur mon frère, si beau et si doux qu'on ne pouvait que l'aimer et non le cacher comme ils le faisaient ? Dedans, je l'aimais, dehors, je l'évitais. Je changeais de trottoir quand j'apercevais sa longue silhouette dégingandée étirer son ombre sur mon territoire. Honteux et paniqué, je l'évitais. »

En effet, il n'avait pas un poil de graisse, mais la maigreur d'un martyr. Il exécrait cette chance qui lui collait aux basques comme une malédiction. Cette chance exclusive et obséquieuse qui prend aux uns pour donner aux autres. Un deal à la Faust, en quelque sorte, mais signé sans son accord. De quel diable ou dieu était-il le jouet ? Il ne leur avait rien demandé.

Parce que des mains d'ange lui avaient tenu la tête le jour de sa naissance et lui avaient fait un crâne aussi parfait que celui d'une petite pieuvre. Le même crâne que son frère, quatre années plus tôt, s'était fait écraser par les pinces géantes des fers d'accouchement. Broyé. Les pinces, appuyant à la jonction des trois lobes, frontal, pariétal et temporal du cerveau, l'endommageant à tout jamais. Derrière la vitre des yeux, un paysage de nuit brillait, un regard qui passait à travers les choses comme si elles n'existaient pas. Débile, comme on dit. Inapte. Demeuré mental.

« Non, ce n'est pas vrai, mon frère était très intelligent, je te le jure. Il avait un cœur gros comme ça. Ça se voyait dans ses yeux qu'il était bon et intelligent, c'était un petit garçon normal, normal ! »

La lumière ne rentrait plus dans la cour carrée de l'hôtel, les heures passant terminaient d'assombrir la chambre. Je m'accommodais des lampes d'appoint et de leur éclairage approximatif. J'ai tenté de faire un peu d'ordre, de ranger la tasse et les couverts sales sur le plateau, de le recouvrir d'une serviette, comme ceux que je voyais en arrivant, par terre, sur le pas des portes. Il fallait que j'accomplisse quelque chose avant de partir. Pour me rassurer, probablement, quant à mon utilité dans ces vingt-cinq mètres carrés de chambre. Coincée entre ses mignonnettes et ses démons. Coincée entre le lit et la porte de sortie. Je ne voulais pas me compromettre davantage.

Le couloir m'offrait alors deux directions, à droite ou

à gauche. Je savais qu'il s'agissait d'une boucle et que je reviendrais forcément au point de départ. Dans un sens ou dans un autre, ma vie, le couloir, se répétaient.

J'ai longtemps hésité. Sept ans. L'acte le plus long de la pièce.

Son sac de voyage toujours ouvert au pied du lit avec ses pulls dedans et ses médicaments.

Sept ans de réflexion.

Sept ans, pour lui donner du temps.

Sept années, si longues à décrire et si évanescentes en même temps.

Sept années de bonheur fracturé en mille morceaux.

J'ai hésité parce qu'il était si vieux, en vérité, et qu'il avait l'air gentil comme un chien.

Le troisième acte commence le jour de l'enterrement. Nous n'aurons pas eu besoin de Cronos, cette fois, pour nous retrouver. Nous venions à peine de nous quitter.

Nous voilà à nouveau réunis dans un salon, funéraire, cette fois.

J'avais noté l'adresse sur un bout de papier, avec le prénom de son frère écrit à côté.

C'était un beau jour de printemps, dans la petite chapelle triangulaire du village que son frère n'avait pas quitté depuis ses dix-huit ans. Un village conçu spécialement pour les handicapés, où tout semblait simplifié comme dans le jeu des *Sims*. La poste, le supermarché, le potager, l'allée centrale, le restaurant, les jardins, et les habitations à trois étages. Une organisation autonome, coupée du reste du monde, reconstitué à petite échelle.

Même le ciel était plus clément et semblait s'adoucir lorsqu'il passait par là.

Les amis de son frère étaient venus lui rendre hommage, en combinaison de travail ou dans leur habit de cérémonie. Ils étaient venus lui dire au revoir, inconsolables pour certains, plus pressés pour d'autres, qui attendaient leur tour en gesticulant comme si une envie de faire pipi les torturait.

Plan zénithal de la chapelle vue de l'extérieur : les gens sortent en file. Ils s'embrassent et promettent de se revoir, puis se dispersent. Les cloches sonnent. Sur son île, la petite boutique triangulaire profite des derniers rayons de soleil avant de refermer ses portes et de retourner à ses morts.

Khristos phorein. Celui qui porte sa croix. C'était sans doute un choix pieux, de l'avoir appelé comme ça. Un prénom choisi dans le calendrier, à la date du 21 août.

L'homme à la tête de chien, géant légendaire ne voulant servir que le plus puissant d'entre tous. Déçu par son roi, qui craignait le Diable, il décida d'accompagner ce dernier et de le servir, mais le Diable à son tour fut pris d'effroi, devant une croix, et se cacha. L'homme quitta le Diable. Toujours dans sa quête de servir le plus grand, il rencontra un ermite qui lui conseilla de servir Dieu, mais ne sachant faire de diète ni de prière, Khristos phorein choisit finalement de vivre près d'une rivière et d'aider ceux qui voulaient la traverser. C'est ainsi qu'un jour un enfant l'appela trois fois pour lui demander secours. L'homme mit l'enfant sur son dos, mais la rivière grossissait à mesure de leur avancée et l'enfant pesait de plus en plus lourd sur ses épaules, aussi lourd que le monde entier.

Le géant légendaire sauva de justesse l'enfant et le déposa sur l'autre rive.

— Enfant, tu m'as exposé à un grand danger, et tu m'as tant pesé que, si j'avais eu le monde entier sur mes épaules, je ne sais si j'aurais eu plus lourd à porter.

L'enfant lui répondit :

— Ne t'en étonne pas, tu n'as pas eu seulement le monde sur toi, mais tu as porté sur tes épaules celui qui a créé le monde : car je suis le Christ ton roi, auquel tu as en cela rendu service ; et pour te prouver que je dis la vérité, quand tu seras repassé, enfonce ton bâton en terre vis-à-vis de ta petite maison, et le matin, tu verras qu'il a fleuri et porté des fruits.

L'enfant disparut miraculeusement.

Khristos phorein fit ce que l'enfant lui avait dit et trouva le matin des feuilles et des dattes sur le bâton.

Pas surprenant que cet homme-là ait plusieurs milliers d'années. Je ne m'en étonnais plus.

Je lui ai tendu la main mais il ne m'a pas vue, trop occupé à servir son Dieu tout-puissant. Son Dieu enraciné comme un arbre au cœur de son âme et auquel il se sentait redevable de sa force. Même s'il lui reprochait le chagrin de n'avoir pu sauver son frère.

Le Réprouvé ne se pardonne pas, ni ne pardonne. Il implore de se substituer au corps céleste de son Dieu, de ne faire plus qu'un avec lui pour enfin régner sans dualité.

Il traversait les âges sans parvenir à guérir de sa blessure, il ne se pardonnait pas d'avoir grandi sous le regard bienveillant de son dieu, appelé Chance. Condamné à porter sur son dos le poids de sa culpabilité, aussi lourde que le monde.

J'avais parcouru des milliers de kilomètres pour venir le rencontrer, mais je demeurais humaine et mon temps était compté. Je suis restée de l'autre côté de la rive à le regarder communier avec l'indicible et suis retournée sur mes terres, sans maître ni serviteur.

7

Vingt centimètres de plus

Ce n'est pas comme on l'imagine. Ce pourrait être au volant d'une décapotable à 3 heures de l'après-midi, la tête gonflée par le vent, roulant tranquillement le long d'un bois, qu'elle s'est mise à grandir.

Elle était assise, ses jambes tout entières glissant sous elle jusqu'à ses chevilles. C'est quand elle les étira, pour appuyer sur le frein, que, mine de rien, toute l'histoire a commencé. Lorsqu'elle est rentrée chez elle, ses jambes avaient poussé de vingt centimètres au moins. C'est sur le pas de la porte qu'elles l'ont mesurée. Elles notèrent au passage la hanche haute, le fessier remonté, l'écusson de sa poitrine en jabot.

« Quelle drôle d'histoire, de grandir comme ça !

— C'est agréable, dit-elle, de sentir ses jambes pousser le long de soi.

— Elle marche bien, la grande gigue, ce petit air déséquilibré lui donne du chien.

— Du héron cendré, plutôt, diront les langues fourchues.

— L'ourlet est bien trop court, à présent.

– La hanche s'est déliée, elle ne bouge plus tout à fait pareil.

– Ce n'est pas seulement la cheville qui s'est affinée, mais la cuisse et le mollet qu'elle découvre lorsqu'elle se présente en société...

– Et alors, qu'est-ce que ça change ? »

Vingt centimètres de plus, c'est toute sa vie qui recommence. Demandez-lui de se soulever sur des talons ! Ce n'est plus la peine. Ceux qui la regardent la regardent les yeux dans les yeux. Ce n'est plus *de* haut qu'ils la jugent mais *par* le haut, pour commencer par le sommet.

D'ailleurs, un type vient de la remarquer, il tombe à ses genoux et, à vue de nez, il est prêt à tout et même à l'épouser. Elle rit, pas encore très habituée. Elle chancelle, ses jambes flageolent et son menton se met à trembler. Elle est intimidée, un long soupir remonte à la verticale. Jamais, au grand jamais, on ne l'avait suppliée, elle qui ne dépassait pas la ligne de flottaison moyenne, une tête parmi les têtes. Aujourd'hui, ce sont des montagnes de gloire et de succès à ses pieds : un magazine de mode, un château de stuc imitation Disney, des amis russes plein les tiroirs, un compte en banque numéroté, un grand dressing, des *bodyguards*, un yacht amarré devant Sénéquier, tout ça pour vingt centimètres de plus. Elle a même changé de prénom, elle s'appelait Magali, elle s'appellera Maréva à compter d'aujourd'hui, c'est plus exorbitant.

Bon, ça suffit d'en être réduite à ça, de passer tous ses étés avec des malabars friqués juste parce qu'on a la taille mannequin. C'est petit. Et depuis qu'ils connaissent son incroyable histoire, eux aussi veulent se faire rallonger. Certains c'est la queue, d'autres, la renommée, qu'ils veulent plus longue et traînant derrière eux comme la bave d'un escargot. C'est bizarre qu'aucun d'entre eux ne veuille se faire rallonger le cerveau.

Mais elle s'ennuie, elle trouve le temps long, comme ses jambes, trop longues pour les fourrer entre celles de son petit copain et pleurer dans ses bras. Il la consolerait comme on console une enfant. Mais ça, ce n'est plus possible, quand on est grand ; il faudrait se plier en huit pour se blottir, ce serait ridicule.

Que d'histoires pour quelques centimètres de plus. L'histoire de toute une vie bouleversée.

Elle ne repassera plus le long du petit bois, dans sa décapotable.

8

Au Palais-Royal

Je sais déjà, à la façon dont son corps se meut, qu'il m'a calculée depuis mon entrée dans la galerie. Ce premier contact visuel enclenche un dispositif sensoriel qui m'alerte, quelque chose ne va pas. Je vois l'homme se raidir. Il a été saisi par mon regard, il est trop tard pour qu'il s'en libère. Il anticipe le croisement de nos corps, parce que nous allons forcément nous croiser, et commence à agiter son grand manteau noir. Je comprends qu'il s'agit d'une tactique de diversion. Il cherche à paraître le plus naturel possible, mais sa chorégraphie trahit surtout de la gêne et de l'impatience. Il esquisse un mouvement de côté, créant ainsi une fissure dans laquelle il s'engouffre et sort de mon champ de vision.

Le jeu est interrompu. La curiosité continue de m'attirer vers le lieu de sa disparition, mais j'ai perdu sa trace, l'homme n'est plus là. Un vide. C'est dans les derniers mètres de la galerie qu'il me reste à parcourir qu'un pan de son manteau noir vient me frôler. Il passe à mes côtés. Dérobé derrière un faux ciel, l'homme invisible s'est avancé jusqu'à moi sans que je le détecte, mais l'air qu'il déplace dans les pans de son manteau me glace le sang et m'avertit de sa présence. Un décalage d'un dixième de seconde me donne de l'avance, le temps de me retourner et de le surprendre. Une forme indistincte surgit, un aggloméra t de chair et de cheveux, un profil, enfin que sais-je ?

Son visage n'est qu'un champ de bataille, un champ de boue enkysté de pustules et de boules de graisse grosses comme des mandarines. Une tête sans yeux ni bouche. Une tête de monstre. Dans cette incohérence, cette perversion de la nature, je ne reconnais rien de mon espèce, à l'exception du malaise que cette difformité provoque, seul lien possible entre nous. Seul contact. La grossièreté de son anatomie a condamné son esprit à user de subterfuges, qu'il sait vains, pour faire oublier la disgrâce de son visage ; sa vie entière est dévolue à des dérobades, des singeries, des révérences et autres abaissements qui le contraignent à vivre le corps et les yeux baissés. Condamné au seul périmètre de sa maladie, cet homme est devenu fou.

9

Une égratignure saigne à blanc le ciel
Légère et vaporeuse
S'efface avec son air de rien
Disparue la menteuse

Se gonfle et puis s'anéantit
Selon la nécessité
S'étend se rétrécit
À volonté

Tu es trahison

Je voudrais t'attraper par la queue
Te tenir la tête en bas
Te faire vomir tes actes honteux
Et te flanquer une claque

Arrogante petite vermine
Tu es innommable selon

Ce sont les méprisantes les anodines
Qui me trahissent comme un poison

Tu es trahison

Dans ce regard étroit qui ne regarde rien
Se cognent les flatteries le mensonge
Aveuglés par l'envie qui les ronge
De leurs yeux suinte le venin

Je vous méprise sourires faux et manipulateurs
Vous êtes la griffe des lâches et des avares
Vous êtes flattés d'être les pires
Et votre bouche dessine un cœur

10

Bleu

Karen a vingt ans aujourd'hui. Elle compte vingt fenêtres sur l'immeuble d'en face. Elle entortille ses cheveux mouillés dans une serviette trop grande, le nœud ne tient pas et la serviette tombe.

Elle n'a pas encore allumé la lampe. Assise dos à la fenêtre, elle sent son profil se dédoubler dans le contre-jour, bleus tous les deux.

Elle se dépêche d'enfiler ses collants. Son genou touche presque son menton alors qu'elle aligne le bout de son pied sur la couture, petit comme celui d'une poupée, comme la chaise, la porte d'entrée et le mur, rapetissés par le bleu astringent de l'aube, un décor de maquette. Elle se lève, la glu du collant prend instantanément.

Dans les cuisines d'en face, les lumières viennent d'apparaître et des gens émergent discrètement. Karen scrute le ciel pour voir si le jour arrive.

« *I laid on a dune, I looked at the sky, when the children were babies...* » Il y avait écrit *Desire* sur le trente-trois tours.

Son premier disque, reçu le jour de ses douze ans, un portrait de Dylan sur la pochette.

Karen sent une bouffée de chaleur l'envahir, elle croit que c'est le bleu qui lui fait ça. Elle n'a plus qu'à enfiler sa jupe et à mettre ses chaussures. Elle essore les pointes brunes de ses cheveux qui finiront de sécher seuls, se passe une noix de crème sur le visage, retend les draps de son lit et sort.

Il suffirait qu'elle chiffonne le tissu de sa jupe pour déranger l'immobilité du salon. Les rideaux encore tirés ne laissent pas passer le jour et les livres d'art sur la table basse, trop lourds, ne semblent pas vouloir déroger à leur inactivité. Mais Karen apprécie le calme et l'inertie de la maison quand elle arrive le matin sur son lieu de travail et profite de cet instant comme s'il lui était dédié. Elle s'épanche, le temps d'une confession faite à la hâte au dieu des petites choses, puis va préparer le petit déjeuner.

Le beurre salé, le poisson fumé, le fromage aux herbes et le pain sont disposés sur le carré de la table. Comme dans les natures mortes des livres du salon. Sensible à l'art des proportions et de la symétrie, elle compose avec ce qui lui tombe sous la main de nouveaux décors tous les matins et pense que c'est plus joli comme ça. Trois cuillerées de darjeeling jetées dans le ventre, préalablement ébouillanté, de la théière. Dans cinq minutes, le thé sera prêt. Karen est précise et rapide.

Le col de sa chemise la chatouille, elle avait oublié que ses cheveux n'étaient pas encore secs. L'odeur coco de son shampoing se mélange à celles du thym, qui sèche dans un panier au-dessus de sa tête, et de fraises trop mûres, quelque part, écrasées dans leur barquette ; Karen n'aime pas l'odeur des fruits et son cœur se soulève. Pour réprimer le dégoût, elle va vite respirer le darjeeling parfumé de tilleul et de piment doux qui infuse dans la théière. Elle se désole que le thé noircisse quand elle entend la porte du couloir s'ouvrir et des pas glisser sur le parquet.

« Bonjour, Karen, vous avez bien dormi ?

– Très bien, madame, je vous remercie, le thé est prêt, il noircit.

– Je me dépêche lentement », sourit Virginia.

Ses longs cheveux, qu'elle vient de brosser, flottent encore dans son dos. Elle se déplace à l'allure d'un vaisseau qui rentre au port, lasse et victorieuse. La proue de son ventre arrondi fait bouffer les voiles de sa chemise de coton. « On dirait qu'elle tangue », pense Karen.

Fred annonce par un texto qu'il l'attend en bas de l'immeuble pour l'embrasser et lui souhaiter un bon anniversaire. Karen n'aime pas qu'il vienne sans la prévenir et préfère quand il est moins sentimental.

Il lui offre un petit bouquet avec des marguerites. Il repart, avec son casque sous le bras et son sac en bandoulière plein de plis à livrer ; elle regrette de ne pas avoir été plus tendre avec lui. Le voir partir l'émeut plus que le voir arriver.

Elle aime mieux le retrouver le samedi après-midi dans sa cité de la Dame-Blanche. Elle arrive de derrière les collines pendant qu'il est occupé à réparer sa moto. Elle s'assoit sur le petit muret qui protège l'escalier de la cave et tape nonchalamment les talons en gomme de ses baskets contre la surface en crépi. Elle lui roule ses cigarettes et les lui place entre les lèvres, comme lorsqu'elle avait douze ans et qu'ils se sont connus.

« Ça n'a pas besoin d'être plus compliqué », se dit Karen après le départ de Fred. Il a raison de ne pas s'en faire. Il dit qu'il suffit d'avoir quelqu'un à aimer et une maison pour être heureux. Du bon tabac à rouler, un chien et une femme pour la vie. Pourquoi pas, après tout ? » Rien dans la rue ne vient perturber le cours de ses pensées. Rien non plus ne l'empêcherait de ramasser le premier chien venu. Karen se rappelle cette phrase qu'elle a lue sur l'emballage d'un bonbon au chocolat : « *Happyness is not in things...* » Elle ne se souvient pas de la suite mais elle a compris : le bonheur doit venir de soi. Animée par un regain d'énergie, Karen décide de prendre l'escalier et de monter les marches quatre à quatre plutôt que d'attendre l'ascenseur. Elle n'oublie pas de ramasser le courrier au passage.

Virginia a terminé son petit déjeuner. Karen range la vaisselle dans la machine et finit de nettoyer la table. Elle a chaud et ça monte en elle comme le mercure dans le thermomètre. Elle vient coller sa joue sur les azulejos du mur pour apaiser le feu de sa peau.

Dix heures sonnent, un bouquet est livré au nom de Karen. Elle reconnaît l'écriture fine de Virginia sur le carton. Le coursier tarde à repartir ; l'ascenseur est toujours sur le palier, mais la fièvre sur les joues de Karen et ses vingt ans le figent. Déjà amoureux. C'est elle qui lâchera son regard, à moitié cachée derrière la porte qu'elle referme doucement.

Le bouquet est encombrant, des roses roses et des roses blanches, et des lys, aussi, et, pourquoi pas, des anémones et des violettes, des pois de senteurs, du pissenlit, des pivoines et du lilas. Toutes les fleurs sont ses préférées, une pâquerette, un crocus, une belle inconnue, toutes s'épanouissent dans son jardin imaginaire. Karen est heureuse d'avoir vingt ans aujourd'hui, c'est comme être toutes ces fleurs en même temps.

Sa mère l'appelle pour lui souhaiter un bon anniversaire. Karen est toujours gênée de parler au téléphone lorsqu'elle travaille. Elles se verront le week-end prochain et, comme chaque mois de février depuis vingt ans, sa mère fera un gâteau sans fruit, avec des bougies. Pour l'occasion, Karen retournera dans sa cité posée au bord du périphérique, là où sa mère et sa grand-mère vivent toujours.

L'appartement est petit mais Karen l'aime bien. Elle avait choisi pour les murs de sa chambre un papier peint anglais vert tendre poinçonné de gypsophiles blanches. Au-dessus du périphérique, le printemps y fleurissait toute l'année. Elle sortait souvent sa tête au-dehors, pour voir si les autres fenêtres de l'immeuble ressemblaient à la sienne, puis regagnait l'intérieur sachant que, de toutes les façons – elle l'avait lu aussi sur un emballage de bonbon –, « c'est du dedans que c'est différent ».

Assise en tailleur sur son lit, entre la commode en sapin et l'armoire du tonton menuisier où sa mère rangeait ses affaires, Karen pensait vivre dans le plus beau des endroits ; le monde n'avait pas besoin d'être plus grand que cette moitié de lit.

« On se retrouve au 42 », avaient-elles l'habitude de se dire le matin avant de se quitter. Après l'école, Karen courait si vite qu'elle arrivait toujours en avance à la station de bus, à peine essoufflée. De tout son corps, elle se penchait sur la voie routière, située le long du périphérique, creusé une trentaine de mètres plus bas. Elle guettait l'arrivée du bus dans la foule des voitures rapides. À bout de souffle, le vieux carrosse s'immobilisait enfin devant l'arrêt du 42. Les gens descendaient à la queue leu leu. L'apparition de sa mère au milieu des visages anonymes faisait bondir de joie le cœur de Karen. Le temps depuis s'est figé à l'arrêt d'autobus 42. C'est toujours sous les mêmes traits qu'elle se souvient du visage de sa mère.

Il est 11 heures. Les livres ont enfin ouvert un œil mais à quoi bon ? Personne ne les sollicitera avant ce soir – c'est sûr – ou avant quelques semaines – c'est possible. Heureusement que Karen vient les épousseter de temps en temps ou les changer de place, parce que « si on ne bouge plus, c'est qu'on est mort ». C'est ce qu'aurait dit son père, qui n'avait pas ouvert un livre de sa vie, allant et venant, toujours debout, derrière son bar.

Onze heures, c'était l'heure du casse-croûte sur le zinc, du petit blanc sec ou de l'eau de Vichy. L'heure de la livraison des fûts de bière, et du café qui crie dans la machine. Son père avait tenu différents bars. Il était beau derrière le comptoir, le torchon sur l'épaule, les manches de sa chemise roulées jusqu'aux coudes. Petite, Karen admirait sa force de travail et voulait lui ressembler. Depuis, tous les matins de sa vie sont parfumés de café, de cigarettes.

Le tambour de la machine à laver chante et ça sent la forêt dans la buanderie, c'est du moins ce qui est vanté sur la bouteille de l'assouplissant : « Fraîcheur nouvelle au pin des Landes ». Karen ne connaît pas les Landes et regarde à quoi ça ressemble sur le dessin de la bouteille ; un ciel bleu, des forêts à perte de vue, tout ça vendu comme de l'air en boîte. Elle plonge le nez dans la bouteille mais elle n'a rien mangé depuis ce matin, une nausée lui vient. C'est sans doute l'atmosphère lénifiante de la buanderie et l'odeur chimique des pins des Landes qui lui font ça. Ses seins sont un peu douloureux, elle sent une légère fatigue. Elle sort de la pièce.

Karen ouvre en grand la fenêtre de la chambre à coucher et respire profondément pour calmer le roulis dans son estomac. Ventiler l'édredon à grandes secousses lui fait du bien, mais elle s'essouffle et le laisse retomber en vol plané sur le lit. Une fois les plumes bien réparties, elle le recouvre d'une dentelle de coton, brodée à la main et bordée de guipure. Malgré tous ses apparats, le lit impose sa raideur cérémoniale. Elle a beau passer l'aspirateur, essuyer le miroir et remettre les choses à leur place, la chambre ne manifeste aucune chaleur et tout se fige à mesure que l'air frais du dehors s'engouffre. À l'inverse, Karen a chaud et se sent de plus en plus lasse, faible.

Le chat entre dans la pièce. Sans bruit, sans faire de traces, il progresse au petit trot jusqu'aux rideaux pour s'y frotter dans un corps-à-corps viril et ondulant. Karen se méfie de Cadeau, qu'elle attrape avec douceur. Il se laisse porter à condition que ce soit à bout de bras et pas trop loin du sol. Une fois sorti de la chambre, il bondit plusieurs fois sur ses pattes puis, tel Pégase, prend son envol sur la piste du couloir.

« Quelle connerie, ce couloir ! Et à quoi ça sert d'avoir vingt ans ? Une année de plus à cadenasser dans mes journaux intimes. Quelle connerie ! Je ne veux pas aller là-bas, je ne veux pas... »

Là-bas, le chat danse.

« Il danse dans la lumière et moi, je me disloque. »

Du sang coule entre ses jambes et goutte sur le parquet.

Une vague la submerge. Karen n'a rien vu venir, elle vacille et se laisse emporter.

C'était un après-midi radieux, papa était rentré plus tôt que d'habitude. Il était surpris de me voir, j'étais seule à la maison. C'était presque dérangeant de le croiser à la maison si tôt. Je ne connaissais pas mon père l'après-midi. Il était debout devant la porte d'entrée, hirsute et agité comme le vent. Même le décor semblait réagir à cette présence étrangère et le retenait, coincé dans l'entrée. Sa main n'a pas quitté la poignée de la porte, il était acculé par mon silence et mes neuf ans. Il m'a dit qu'il partait pour de bon, cette fois, qu'il en avait marre et que je devrais tout expliquer à ma mère. Il est sorti et a rejoint une voiture qui l'attendait, garée en bas, dans la rue. Ce n'était pas notre voiture, ni celle d'un ami ou d'un voisin. Je ne l'avais jamais vue, il y avait des coussins sur la plage arrière, sales comme la malédiction, et j'ai vu les genoux d'une femme, sur la banquette. C'est ça que j'ai expliqué plus tard à maman, que papa avait foutu le camp... Et Fred qui me veut pour la vie, c'est déjà tout fait dans sa tête. Je connais la musique. Les rideaux tirés, le lit pas soigné, les oreillers crevés, même Dylan m'agace. Déjà, à douze ans, je fermais les yeux quand il m'embrassait, parce que je le trouvais moche à s'approcher de si près, la bouche ouverte. Je savais qu'il en profiterait pour glisser sa main sous mon tee-shirt et même me l'enlever, puisqu'il n'y avait personne chez lui et qu'on n'avait rien à craindre. Je détestais ses tripotages langoureux ou trop empressés sur mes petits seins encore douloureux. Je n'avais que douze ans et cette intimité me dégoûtait. J'aurais voulu le mordre jusqu'au sang et déguerpir. Adieu, la

Dame-Blanche, la jolie maison, adieu, le chien et le bon tabac à rouler. La réalité est avilissante.

« Vous allez mieux, maintenant. »

Virginia lui parle à une jolie distance, le visage offert. Elle tient son ventre arrondi entre ses deux mains et héberge la tête encore endolorie de la jeune femme dans le creux de ses jambes repliées. Il semble à Karen que tout son être roule et houle dans le bleu d'outre-mer des yeux de Virginia. Elle voudrait s'immerger encore une fois dans ce bleu hypnotique, mais une onde grésille sur son tympan et lui rappelle la douleur de ses os.

« Je suis tombée ? »

Virginia n'a pas entendu. Elle s'est retirée comme la mer. Dans ses bras, le corps d'une enfant inerte qu'elle va déposer sur la rive.

« Mais là, je suis bien », dit l'enfant. Elle pense que le temps n'a plus de poids, ou infinitésimal.

« Laissez-moi me dissoudre en vous, comme le sable dans l'eau, entre vos mains poser le sommet de mon crâne, je voudrais naître une seconde fois. »

« Vous vous êtes endormie. » Un air marin réveille Karen. Le ciel, derrière la fenêtre ouverte, est toujours bleu, presque blanc. Virginia, penchée en avant, lui passe une main sur le front. Karen s'étonne, se rappelle que son travail n'est pas terminé et puis sourit, une drôle de phrase lui vient en tête : « J'ai grandi si vite que je suis tombée. » Elle pense qu'elle l'écrira dans son cahier.

Karen regarde la flamme des bougies s'agiter sur le gâteau. Fred est venu, ce soir. Il est beau, observe Karen, et maman est émue comme à chaque anniversaire. Mamie, elle, est assise au fond de sa chaise et elle ne dit rien. L'ombre la couvre. Elle retient son ventre, les doigts imbriqués les uns dans les autres, à l'exception des pouces qui n'ont de cesse de tourner. Qu'enroule-t-elle dans ses doigts et que retient-elle ainsi ?

Un long silence. Chacun se souvient des disparus qui reviennent, inchangés, s'asseoir autour de la table. Puis leur image s'effondre, ne tenant plus à rien.

Mamie retient son ventre qui lui fait mal depuis que deux de ses enfants, qu'elle a portés là, sont morts. « Pour une mère, ce n'est pas dans l'ordre des choses », elle dit, c'est pour ça qu'elle ne croit pas au firmament, c'est comme ça qu'elle appelle Dieu. Dieu n'est pas, voilà ce qu'elle croit.

Avant de souffler sur ses bougies, Karen regarde sa grand-mère et songe au ventre des femmes qui fait toujours mal. Mamie aussi a vingt ans, ce soir.

La grand-mère mangera une part de gâteau et aidera à débarrasser la table. C'est elle qui lavera la vaisselle, puis elle retournera chez elle. Elle traversera la cité, son écharpe enroulée autour de la tête pour ne pas attraper froid dans les courants d'air. Fred et Karen l'accompagneront jusqu'en bas de sa cage d'escalier et attendront le bruit de la clef dans la serrure avant de partir. La grand-mère leur fera un signe de la main, la tête penchée par-dessus la rampe, et ira se coucher.

La route qui longe le périphérique est déserte, seul un feu rouge au loin troue d'un point lumineux le ciel noir. Karen tient Fred par la taille, collée à lui, sur la moto qui les emmène. Elle a posé sa joue sur le dos de Fred et sent tous les muscles de son ventre et de ses épaules se contracter entre ses bras. Il est nerveux quand il conduit, elle l'aime comme ça.

« Roulons, roulons sans fin, allons jusqu'à nulle part, que ça ne s'arrête jamais ! »

De l'autre côté du périphérique, la fenêtre de sa chambre est toujours éclairée, à l'inverse des autres, toutes éteintes.

Karen voit bien, cette fois, que sa fenêtre est différente.

11

Marcher

Je choisis toujours des chaussures trop petites, et quand bien même, acculée par le regard sceptique du vendeur, je consens à prendre la pointure adéquate, le stock est en rupture. Combien de fois ai-je eu mal aux pieds dans mes chaussures ? Combien de fois ai-je dû rebrousser chemin les orteils en sang ?

Mais quelle idée de vouloir trouver des chaussures à sa taille quand, depuis la nuit des temps, le mauvais œil lorgne mes pieds d'un air goguenard ? Que vais-je faire ? Continuer vaille que vaille ou faire marche arrière ? Je m'en moque, après tout, d'atteindre ce cinéma de quartier pour admirer sa façade Art déco. Dans les deux cas, la route sera pénible et je souffrirai. Darwin lui-même requestionnerait l'évolution à me voir ainsi recroquevillée et suppliant le retour à l'état de quadrupède. La voix de mes ancêtres martèle mes tempes et palpite jusqu'à mes doigts de pied. Ils me serinent que rien n'est à portée, ni à taille.

« Tout se mérite, rien n'est dû », insistent-ils. « Choisir une chaussure à sa taille relève de l'arrogance et de la facilité. Occuper tout l'espace ? Quel sans-gêne ! Les pieds, on les laisse sous la table comme les chiens que l'on taloche à coups de botte. Les pieds, c'est fait pour marcher, pas pour penser. » Idiots d'ancêtres qui me tancent, eux et leur culture du rêche et du raboteux. Et ce ne sont pas que les godasses qui sont dures, le lit aussi, la gifle, les mots et les regards sont du même acabit, parce que c'est comme ça, la vie, c'est dur. Ils n'avaient qu'à choisir des pompes à leur taille, pour commencer, ça leur aurait évité d'en vouloir autant à la vie.

Un banc, un simple banc municipal m'aurait redonné l'espoir, la force de ne pas abandonner ma route, mais rien ne soulagerait ma peine. C'était le printemps, comment l'enfer pouvait exister par un jour si doux ?

Mes pieds ne sont pas rancuniers, ils se maintiennent droits et plutôt bien balancés. Ils ont la pointure correspondant à ma taille, je dirais même un tantinet plus courte. Je devais avoir quatorze ans quand ils ont cessé de grandir, l'âge où j'ai aussi arrêté de courir, l'âge où les problèmes de cœur se font sérieux, l'âge où l'on vous dit de faire attention où vous marchez, l'âge où l'équilibre se fait précaire parce qu'on devient trop grand et qu'on commence imperceptiblement à se laisser tomber en avant.

Avant de tomber en avant, je décidai de repartir en arrière. Mes pieds me suppliaient de faire demi-tour et de les déchausser. Il fallait rentrer. L'adrénolytique me fit supporter le supplice de la marche jusque chez moi. Là, je restai les jambes appuyées sur le rebord de la fenêtre, les pieds nus dans la fraîcheur du jour. Dans ce bain de pieds céleste, la tête en bas, les jambes en l'air, allongée devant un nouveau dieu que j'inventai pour l'occasion, je me fis la promesse de ne plus jamais faire souffrir mes pieds. (Fallait-il que je me mette la tête à l'envers pour découvrir le sens des choses ?) Et de me foutre du mérite de la souffrance, après tout. C'est pas vrai que ça sert à quelque chose, et ça fait mal, ce truc-là, ça tord les os sur plusieurs générations. Si j'enlevais mes chaussures, je pourrais monter à cru comme une cavalière mongole, les pieds noués dans des chiffons de fortune. J'aurais les pieds peints de henné, badigeonnés d'huile essentielle de romarin, de camphre et de menthe poivrée. On peut rêver quand on est déchaussé, rêver d'être légers.

Aujourd'hui, je marche, chaussure à ma taille, la tête haute et le pied sûr. Mon sang pulse du bas vers le haut comme il se doit et, grâce à mes pieds, mon cœur a rajeuni.

12

La poussière

Elle n'a de cesse de remettre les choses à leur place. Malheureuse de constater que, chaque jour, de nouveaux objets s'invitent chez elle, avec l'assurance et la détermination de ceux qui sont à l'heure à leur rendez-vous. Elle exige de ses hôtes un minimum de discrétion et le respect de ses manies. La ménagère ordonne, c'est son penchant. Une fois l'inventaire mis à jour, les objets ne devront plus bouger jusqu'à nouvel ordre. S'ils ne plaisent plus, s'ils se cassent ou s'ils ne servent plus, ils devront être évacués.

Même châtiment pour les oubliés qui logent au fond des tiroirs et qu'elle traque sans relâche, les vieilles listes de courses, les feutres usés, les Tic-tac à l'orange périmés, une plaquette de suppositoires à l'eucalyptus...

Il n'est pas rare de trouver les chaussures de son mari dans le placard à balais à côté des paquets de saumon sous vide ou de croquettes pour chats. Cela ne lui pose aucun problème de ranger ensemble les choses disgracieuses, dans la buanderie, par exemple, une sorte de purgatoire, où les sujets les plus vulnérables sont cachés en attente du jugement final.

Seules les chaussettes orphelines ont le privilège de choisir : ou bien intégrer la section des lingettes et autres chiffons de nettoyage, ou bien partir directement brûler en enfer. Ni ses enfants ni son mari ne respectent sa manie des plis et des colonnes de chemises bien alignées ; ils confirment en cela le peu de sensibilité qu'ils ont à son égard. Ça peut l'accabler, ou l'énerver selon le temps qu'il fait. Il n'y a que la météo qui la comprend.

Le soir, elle continue de faire le tri, allongée raide à côté de son mari qui dort comme une flaque au fond d'un trou.

Dans ses rêves agités, elle fait l'inventaire, encore et toujours, et répartit les affaires... « Les pyjamas dans la cuvette, les maillots de bain sur les coussins, à côté de l'étagère de ma sœur, dans un carton avec les spaghettis, et les soutiens-gorge ! » s'étrangle-t-elle dans son lit à 3 heures du matin... Elle fait de l'apnée dans son sommeil et s'arrête de respirer toutes les sept secondes, avait remarqué son homme, inquiet les premières fois. Il avait beau tenter : « Tutu, nœud papillon, câlins, patins à glace ? », pas l'ombre d'un souffle n'animait sa femme... Si peu de désir laissait le mari coi. Aujourd'hui, il s'en fout comme d'une flaque au fond d'un trou.

Elle n'aime pas son corps. À travers différents remèdes et stratagèmes, lavements internes, évacuation forcée, ingestion minimale d'aliments, elle contrôle au plus près l'équilibre intestinal et digestif de son organisme et veille à ce que ses contours restent le plus proche possible des os. Une prise de poids serait impossible à concilier avec ses principes stricts. Elle inflige à son corps le même châtiment qu'à ses affaires. Ses ongles sont coupés court. Pas de vernis, cela va de soi. Ses cheveux aussi sont coupés court, pas besoin d'élastiques, sa hantise.

Elle ne porte jamais de maquillage et ne se change que deux fois par semaine. Elle a ce don, inestimable à ses yeux, des gens qui ne se salissent pas. Elle fait tout propre, vit sans déplacer les objets, dort sans froisser ses draps, rince la vaisselle sans éclabousser, marche sans laisser de traces.

Sa vie est ménage : ses enfants sont malheureux, allergiques, imaginent des cochonneries. Son mari aussi.

Elle rêve d'un monde parfait, ce monde ressemble d'assez près au paradis que ses images pieuses lui décrivent. Un ciel éburnéen. Une lumière dense, d'une clarté absolue, comme celle que promettent les miraculeux liquides vaisselle, où l'on remarque sur la bouteille, tenue par une main céleste et diaphane, un verre briller d'éclats aussi puissants que ceux du diamant.

Elle se voit flâner sur les chemins du paradis et se sent à nouveau vierge. Peut-être s'est-elle toujours sentie un peu sainte.

Voilà un pays qui la comprend, même les hommes y sont propres. Elle est aux anges. Elle est mystique... Sinon, le sexe semble être le cadet de ses soucis. Il se peut même qu'elle trouve plus de plaisir à astiquer ses cuivres que son mari, auraient pouffé bêtement les copines qu'elle n'a jamais eues.

Il aura fallu un instant d'inattention, un énorme soupir, de fatigue, peut-être, pour que, seule au milieu de son salon, le regard aspiré par le vide, un filet de salive aux lèvres, elle s'abandonne et consente enfin au renoncement ménager.

Que reste-t-il à présent, si ce n'est de la stupéfaction ? Un long frisson court parmi les objets. Ce pauvre corps dont la durée de vie n'aura laissé à aucun d'entre eux le temps de vieillir ne serait-ce qu'un peu. Juchés sur leurs étagères, ils observent la décomposition progressive du cadavre, qui, même dans la mort, paraît encore s'agiter d'angoisses et de tressaillements. Une foule de petits désordres conflictuels grouille et rien ne semble pouvoir l'en empêcher. Le grand processus de transformation produit une succession infinie de changements spontanés, aussitôt classés et organisés. La nature aussi est maniaque. Elle fait de l'ordre, nettoie, évacue, range sans répit.

Bientôt, ses cendres se disperseront. Elle ne pourra rien faire contre : le balai, rangé dans le placard, dort, appuyé contre le mur, la pelle à ses côtés.

Que se passera-t-il lorsqu'elle deviendra poussière ?

L'espace tout entier s'ouvrira à elle. Le monde solide n'existera plus. Elle se baladera sur les pages des livres et dans les rainures des parquets. Elle s'accrochera aux premiers rayons du matin, aux reflets des miroirs, aux branches du plafonnier, à un regard. Aussi légère qu'un soupir. Et sur chacun des objets ici présents, elle viendra se déposer comme de la neige sur un chapeau, et les bibelots, les breloques, les babioles, les bidules et les bricoles se sentiront bien désolés.

13

Les choses aussi ont des choses à dire

On dirait la semelle d'une chaussure qui claque et qui s'ébroue
Un gros dindon qui déglutit un tabouret qui se secoue
Mais non ce sont des mains qui tapent
Et qui égorgent en toute hâte
Le cou d'une oie

Le palmipède que l'on dévisse s'ébat secoue la tête
Se dit qu'c'est bien trop triste
De finir comme une chouette
Ça craque ça pisse ça saigne
Ça n'a même pas moufté

Et l'eau qui geint qui s'noie dans son bidon
Le tuyau d'arrosage étendu sur l'gazon
Ah le coquin arroser tout le jardin
Tout nu debout pissant sur le terrain

Et la poubelle cette sale traînée
Qui crie quand on la tire sur les graviers
Mais elle a disparu
Comme le dindon je ne l'entends plus
Je n'entends plus que le jardin sans tondeuse et sans chien

Quel tableau quelle poésie
Et tous ces bruits de bazar
C'est dégoûtant cette vie
J'préfère encore Mozart

14

La chance

Elle a de longs cheveux qui ondulent et un genou posé à terre. Elle est seule au bord d'un ru et verse de l'eau d'une jarre à une autre. Elle fait croître la vie dans le désert, où déjà quelques plantes poussent. Le nombre dix-sept est indiqué en chiffres romains sur la carte de la chance, cette femme, c'est la chance.

Des étoiles brillent au-dessus de sa tête.

« Impossible, je ne me marierai jamais. » Le dix-sept, le jour de sa naissance. Depuis, dix-sept vies se sont enchaînées. Mais elle ne se souvient pas de ses dix-sept premières années. C'est étonnant, on n'égare pas dix-sept années comme ça. Son jean C17, elle s'en souvient. Elle ne rentrait plus dedans avec ses dix-sept kilos de plus. Dix-sept, c'est aussi le chiffre porte-malheur des Italiens : chez eux, le dix-sept est à jamais banni et, chez eux, les femmes se marient. À dix-sept ans, pourtant, et pour dix-sept années consécutives, elle se maria. Dix-sept ans multipliés par deux, on passe d'une femme à une autre.

Mais elle n'a rien vu, assise sur le siège passager de sa vie. Elle a regardé le monde défiler derrière la vitre. Une autre réalité. À travers la vitre, ses dix-sept ans ne ressemblaient à ceux d'aucune autre jeune fille. D'ailleurs, aucune trace de ses dix-sept années n'a été comptabilisée sur l'inventaire de sa vie. Ce n'était pas elle qui conduisait.

Elle recommence à compter, histoire de se situer. C'est comme ça qu'elle s'y retrouve, en s'inventant une nouvelle mathématique. Tracer des diagonales et des tangentes, diviser, additionner, toujours à faire des calculs aléatoires au cas où ça collerait.

Elle en était à deux fois dix-sept, mais là, ça dépasse les limites. Alors elle reprend à zéro. C'est insensé de compter comme ça pour rien et de recommencer indéfiniment. Ça ne tourne pas rond dans sa tête ou, plutôt, ça tourne en rond. Des ronds qui tournent et qui ne s'arrêtent pas de tourner. Elle se réveille le matin, ça tourne encore. Alors elle compte les ronds, dix-sept, dix-huit, ah oui, elle en était là. Elle en a un de plus, ce matin.

Enfant, elle s'ennuyait dans son jardin, il n'y avait pas de quoi faire des ronds, des carrés non plus. Alors elle ne faisait rien. Parfois, du bout des doigts, elle roulait des boules de terre. C'est avec les points de la coccinelle qu'elle se remettait à compter. Jusque chez elle, elle prévoyait le nombre de pas, mais elle était toujours trop juste, compter n'aidait pas. Il fallait sauter, enjamber de larges parcelles pour tomber pile, et puis elle s'asseyait et comptait les fourmis, les graviers ou les petits riens qui s'accumulent.

« Je n'ai pas grandi, pense-t-elle. Et je sais à peine

compter. » Surtout lorsqu'il y a un zéro qui vient se coller entre deux chiffres. Ce n'est pas multipliable, un zéro, par contre, ça pèse et ça s'exprime comme une absence. Tu parles d'une quantité nulle ! Mais elle se moque des maths et de leur logique, et elle s'en fout de peser les ronds, les « pour » et les « contre », c'est le point zéro qui lui tient lieu d'origine, ce grand 0 à la figure fermée. C'est là qu'elle puise sa chance et dans les étoiles au-dessus de sa tête qui viennent de percer le jour.

Les perles glissent sur son chapelet, comme l'eau qui ruisselle des jarres. Elle est nonne, personne ne s'en étonne, et elle peut compter comme ça le nombre de fois qu'il lui sied.

15

Trois Anna

Trois Anna se sont rencontrées. L'une est morte, déjà. La plus jeune a pris le train depuis Moscou et a voyagé toute la nuit pour arriver à Saint-Pétersbourg, et la dernière n'existe pas. Je suis celle qui n'existe pas.

Le cadran au-dessus du bar de l'hôtel s'est figé. La pendule marque 6 heures. Je déboule d'un pas alerte, fraîchement lavée et pas encore maquillée. J'ai dû mettre du plomb dans mes chaussures pour ne pas rebondir sur le tapis neuf de la réception. Les nuits blanches font l'effet de la vitamine C sur mon horloge biologique ; je bouillonne comme un cachet effervescent. Mais c'est le même jour blanc qui recommence, et les heures tournent dans le vide. Mes paupières ne suffisent plus à parer la lumière du jour, et mes yeux me font mal. Depuis que les nuits ont disparu, le film ne cesse de tourner dans ma tête.

Anna m'attend dans le hall de l'hôtel depuis 5 heures ce matin, un bouquet de fleurs de son jardin dans une main, un sac en plastique dans l'autre. Aucune émotion ni fatigue, ni son âge, ne se lisent sur son visage. Il semble que rien ne peut l'ébranler. La probité de la pensée, peut-être.

« Anna », se présente-t-elle, en me serrant la main.

Je saisis la coïncidence et la reconnais sans hésiter. Anna, une admiratrice qui m'envoie chaque année des cartes de vœux pour Noël et mon anniversaire. Anna, de son vrai prénom, me rappelle une seconde à la réalité, mais il est 6 heures passées et on m'attend sur le tournage. J'embarque Anna dans mon beau carrosse doré. Il n'y a que la nuit pour distinguer le vrai du faux.

Deux Russes et moi, pliés dans ce qui ressemble plus à un sarcophage qu'à une limousine, fonçant dans les rues de Saint-Pétersbourg. Ni Anna, ni Dima, le jeune chauffeur, n'ont d'odeur. Leur chair d'opale se fond dans la couleur du jour, blanche et sans ombres. Leurs cheveux sont mats et lourds comme la terre. Notre carrosse en béton armé traverse la ville des tsars à toute blinde, personne ne bronche. Ici, parler, c'est finir sa vie dans un champ de patates à cultiver des cailloux. Ici, les statues sont plus animées que les humains, et on les distingue mieux les unes des autres, aussi.

Dans les églises brûlent des milliers de bougies. Des feux follets, rouges comme l'enfer, émanent des âmes mortes. Sur les parquets chauds de Saint-Nicolas, des larmes de cire sont grattées par des vieilles accroupies qui guettent et qui comptent *qui pleure combien*. Saint André, sainte Sophie, dix centimes le saint collé sur une petite plaquette de bois. Nous sommes tous des martyrs, marmonnent les vieilles, psalmodiant les vers qu'Anna leur a dédiés. Elle aurait préféré mourir, charger son revolver de vraies balles et poser le canon de l'arme sur sa tempe. Mais tu étais poète, Anna, et tu ne pouvais pas mourir. Ton rôle était de soulager le peuple, de parler des morts et de consoler les vivants. Grâce à toi, l'horreur était devenue poésie. Anna, tu t'es coupé les cheveux comme une condamnée. Tes maris, ton enfant, tes amis, tous sont morts avant toi.

« Que la bête qui me dévore
Devienne un cœur… Tous nous
Aurons appris ce que veut dire :
Rester trois années sans dormir,
Aller à l'aube s'enquérir
De ceux, qui dans la nuit, sont morts… »

La Neva se traîne, agonisante, à travers les grilles du jardin d'Été et s'enroule, fatiguée, autour de l'aiguille dorée de l'amirauté. Endeuillée depuis si longtemps de tous ses enfants, de son Pierre adoré, pauvre chienne, pauvre mère.

Je regarde par la vitre de la voiture et je pense que c'est aujourd'hui que je vais mourir, après le déjeuner, c'est écrit sur ma feuille de service et je n'ai que la demi-certitude de ressusciter.

Nous voilà arrivés au palais chinois, petit bijou d'architecture conçu pour les étés maussades de la grande Catherine. Parmi les chevaliers à pattes jaunes, les aigrettes roussâtres et les poules nègre-soie tapissés sur les murs du cabinet, un miroir est suspendu. L'histoire raconte qu'un fantôme s'y cache et apparaît, une seule fois, à qui le regarde, sous les traits d'un être cher disparu. J'y cherche Anna, mon double, mon héroïne, je voudrais tant qu'elle se manifeste, mais Anna n'est jamais morte puisqu'elle n'existe pas. C'est moi que j'aperçois, mortelle et vérolée de taches.

La plus jeune des trois Anna a disparu depuis ce matin pour cueillir d'autres fleurs. Je ne la reverrai pas avant ce soir. Pendant sa promenade, dans mon van en plastique blanc, j'enfilerai ma robe de lin noir, ma préférée. J'irai m'asseoir sur le banc en pierre en face de l'étang profond, tenir une pensée dans mes mains. Mes pieds ne toucheront pas terre et ma taille sera plus fine ; c'est parce que Anna devait être plus petite que moi, assise sur ce banc dans les bras de son amant. Elle se recroqueville lorsqu'elle pense à lui et à la mort simultanément.

Elle s'ennuie, et elle est troublée par un étrange sentiment. « Oh mon Dieu, pourquoi a-t-il de pareilles oreilles ? » se demande-t-elle en imaginant le visage froid de son mari. Car ses oreilles à elle sont fermes et encore jeunes, cartilagineuses. Elle rêve que son amant les lui morde, et l'aisselle et le sein, qu'il lui lèche le mamelon de sa langue durcie. Anna brûle de désir et s'offre à son désir. Elle se consume et tremble de ne plus être aimée. Elle s'immole dans cette seule pensée, s'inclinant vers les eaux profondes de l'étang. Sa chute semble inévitable. Bientôt, elle périra. Tu t'es fait avoir comme une débutante, ma sœur, et tu te manges le cœur.

Anna, elle, goûte à l'enchantement de cet après-midi champêtre et revient des fleurs plein les bras. Ses joues rosissent lorsqu'elle me voit descendre les marches du van, rajeunie d'une robe d'intérieur de mousseline corail et transparente. Son visage se pare d'un éclat joyeux sous l'effet de ma résurrection. Mon nouveau déguisement lui plaît davantage et lui offre l'espoir d'une deuxième chance, peut-être, d'une autre vie plus colorée que la sienne. Comme dans les romans qu'elle classe tous les jours à la bibliothèque ou les photochromes qu'elle m'envoie par courrier pour les fêtes saintes. Que signifie « avoir plusieurs vies » pour elle qui doit sans cesse faire des points d'arrêt sur la sienne, qui s'effiloche et à laquelle pourtant je me retiens, juste à un fil, le temps de passer d'une scène à l'autre, de remonter des eaux profondes de mes chimères.

> « Depuis toujours, en somme, je crus être
> Le rêve de quelqu'un, ou un délire,
> Ou un reflet dans le miroir des autres –
> Sans nom, sans chair, sans cause et origine... »

Il fait jour à minuit. Le lasso des nuits blanches nous rassemble et nous remontons dans la voiture de Dima qui vient à peine de se réveiller. La journée est terminée. Nous devons rentrer nous coucher mais je voudrais traîner encore. Mon corps ne peut pas s'arrêter de vivre comme ça. Il lui faudrait du vin, de la marie-jeanne, du sucre, quelque chose pour finir de me consumer, quelque chose qui me tue un peu, mais la ville dort. Oxydée, calcinée, je me blottis dans le fauteuil en velours côtelé de la berline.

Anna repartira bientôt à Moscou, son train est à 5 heures. C'est Dima, seul, qui la raccompagnera à la gare. Dans la rue qui nous conduit à l'hôtel, nous croisons un enfant, défiguré par une brûlure qui lui mange la quasi-totalité de son visage. Il marche vite et tient un grand chiffon blanc dans la main qu'il agite au-dessus de sa tête, suppliant la nuit de réapparaître. Je veux en finir avec cette gloire macabre, moi aussi. La lumière me cogne et me brûle les yeux, je ne peux pas m'endormir. Je ne peux plus rêver.

« J'étais au bord de quelque chose
Pour quoi il n'est pas de vrai nom...
Une attirante somnolence,
Un échappement à soi-même...[1] »

1. Les textes d'Anna Akhmatova sont extraits des poèmes « Bien que la mort au fond des yeux » (traduction Cyrilla Falk), « Les années 1910 » (traduction Gaby Larriac) et « La Mort » (traduction Michel Rygalov) *in Poèmes*, Éditions Librairie du Globe, 1993.

16

Je garde toujours un livre ouvert
À côté de mes rêves
Son encre a bavé sur mon pull
De l'aube figée sur le cadran solaire
Jusqu'au talon plat du crépuscule
Le sang d'Anna a coulé dans mes draps

C'est une femme belle et amoureuse
Qui porte le deuil au fond des yeux
L'iris noir de ceux qu'elle aime
S'est déchiré jusqu'au trépas

Anna pourquoi veux-tu mourir
Si tu meurs alors je meurs aussi

Un couteau planté dans le pied
Je te suis
À moitié plié par les ombres
Ton paletot ressemble à une cocotte en papier

Tu pars au matin t'enquérir des vivants
Je te ramasse lorsque tu tombes

Le soleil ne disparaît plus de ta mémoire
Il éclaire les morts qui rampent autour de toi
Tu te plies tu te casses tu voudrais les relever
Mais toi tu vivras à perpétuité

Anna pourquoi veux-tu mourir
Si tu meurs alors je meurs aussi

Si j'ai choisi le noir
C'est pour la sensation
D'être envahie par toi
Du souvenir
D'un bouquet de narcisses
Et de ne-m'oublie-pas

17

Pour ouvrir le jardin des dieux
Le plus beau de tous
Celui des arts et de la beauté
Bétonné de la tête aux pieds il grimace
Sous sa cape des tiges en laiton dépassent
Apollon amputé de sa main qui repousse
Barre d'acier et béton font des doigts atrophiés

J'ai reconnu à son profil
Entre sa bouche et son nez
Quelque chose de subtil
Quelque chose d'inné
Doté d'un mystère et d'une allure
Toison de plâtre seins de déesse
Diana copia Diane chasseresse

La Ninfa Dell'Aria comme il est écrit
Euterpe en grec c'est celle qui sait plaire
C'est Wikipédia qui l'dit

Y a Terpsichore aussi la muse de la Danse
Tous ces noms de travers qu'on nous balance
Le quatrième s'est effacé
J'ai vu quelqu'un lui cracher sur les pieds

La Luxure elle cache son sexe de ses cheveux épars
Mais non c'est une queue
Une grosse queue de lézard
Retenue de force sous son pied
La bête l'enlace apprivoisée

Si Veritas n'a pas besoin d'artifice
Sinceritas elle a plutôt l'air idiot
Et la Clémence et la Justice
L'une a des bras d'homme l'autre porte l'épée
Mais la plus belle des quatre c'est la Vérité

Le cercle des philosophes un peu plus loin
Entoure un homme à deux visages
Qu'ont-ils vraiment de sage
Ces vieux moribonds
À égrener sans cesse
Les fruits de la raison

Mars a la bouche qui pleure
La rage au bout des poings
Qu'ont-ils fait de la guerre
Qu'ont-ils fait ces humains
C'est bien pire que la guerre
La durée du parpaing

C'était comme un pays dans le jardin des dieux
Un vieux pays où y a plus rien sinon des chiens du mauvais temps
Et puis des bancs où je m'assoie
Aujourd'hui c'est dimanche les hommes ne travaillent pas
Profitons des acquis du temps qui passe
J'm'achète une glace et trois dessins pour le prix d'un

18

La couronne de fleurs

Agnès me tend une couronne de fleurs sauvages qu'elle a tressée sur le chemin en se promenant avec mon enfant. L'entrelacs délicat des herbes forme une écriture minuscule que je n'arrive pas à déchiffrer. Ce pourrait être les cryptogrammes d'une prière mais les lettres se dénouent une à une, la couronne est chétive. Mon ami est mort ce matin, Agnès ne le savait pas.

Maman est allée cueillir deux roses de son jardin et me les a déposées dans le creux des paumes, ses mains sur les miennes.

« C'est pour ton ami », ose-t-elle à peine me dire.

De peine, je n'en ai pas, et ce que je pense de la mort, à cet instant, m'échappe. Je ne trouve rien. La mort, ça ne se comprend pas, ça gratte et ça cloue le bec.

« Mais ne plus être émue, alors ? » Un frisson me parcourt et je constate que je suis vivante. Une seule fraction de seconde suffirait... Là où mon ami est tombé, moi aussi, je tomberais. Il faut que je me retienne... à ma tasse de café, à la rampe d'escalier, au tapis, à ma mère ? Tout m'apparaît comme les éléments d'un décor... Il ne manquerait plus que la télé soit allumée pour me faire croire que le monde est toujours bien là et qu'il avance inexorablement avec ses catastrophes, ses débats politiques et son bruit permanent. Dans ma tête, c'est différent, c'est le bruit du silence. Le questionnement. Aller chercher mon ami, lui faire un signe. Un signe ? Je me dérobe. Je monte dans ma voiture et pars le retrouver.

Derrière la barrière d'un passage à niveau, émergeant d'une lumière nue, presque fluorescente, passe un train qui t'emmène, mon ami. Je le regarde filer vers ces mêmes fonds gris que Rothko peignait juste avant son suicide. Je ne sais si c'est le ciel qui rejoint la terre ou la terre qui se soulève. C'est là que je le retrouve et lui fais signe, à la jonction des deux gris, dans l'absence de délimitation entre les deux couleurs, entre le ciel et la terre. Au centre de tout. Je sais que le jour renaîtra de sa mort, d'une pépite de chair infiniment petite, de ma mémoire et de son âme vagabonde qui brûle encore, vive et bleue comme le pétrole. La vie comme la mort ne m'ont rien caché, elles sont abondantes.

Amaigries par ses besognes nocturnes, les joues creuses de la chouette font ressortir ses yeux de gelée. Elle n'a pas quitté le toit de la maison depuis ce matin, et c'est sur elle que je tombe en arrivant, elle me tourne le dos. Je regarde dans sa direction et je découvre, bouleversée, tes petits pieds sur le gazon. J'ai la nausée, j'ai tordu mon cou, comme elle, à 180 degrés, et fait basculer l'horizon à la verticale. La chouette s'en est allée. C'est la blancheur de tes petits pieds, mon enfant, qui l'a fait décamper, des milliers de morts dans sa besace. Laisse mes doigts s'accrocher à toi. Tant que tu me retiens, je ne peux pas tomber et nous pouvons danser, danser comme des rois.

19

Une femme pourtant qu'est-ce
Un élan une promesse
De quel fruit s'il vous plaît
Suis-je donc faite
La joue frémissante
Le ventre haletant
Je tremble tout entière
Du dedans je tremble entièrement
Mon idole mon enfant
Qu'as-tu donc fait
De si méchant
Si ce n'est le sacrifice
De mes vingt ans
Je suis mère et ne te blâme
Ce droit de vie je te le donne
Mais d'être femme
Qu'ai-je et qui me pardonne
La disgrâce de n'être un homme
L'on me vénère et manipule

Mais l'on me crève les yeux
Et l'on me brûle
Si de mon corps
Je ne fais l'aveu
Est-ce chose particulière
D'être un homme ou une femme
Qui choisit son arme véritable
Entre l'eau et le feu
Je choisis le sabre

20

L'élue

Ma mère est belle. Pourtant née d'un sol pauvre et peu exigeant, semblable à la terre d'argile où pousse la vigne. Le travail séricigène du bombyx du mûrier a fait des merveilles pour produire tant de beauté brute. Des kilomètres de fil de soie ont fabriqué le tissu de sa peau. Probablement qu'un providentiel ministre des Affaires esthétiques a arrangé le mariage d'une brodeuse bretonne avec un sculpteur d'ivoire pour ciseler l'architecture de son visage. C'est en tout cas ce qu'elle croit. Sa beauté, à défaut du reste, dans sa vie, est un don du ciel et pas un simple héritage temporel.

« Il y a ceux qui sont bien nés et les autres » dit-elle, les narines frémissantes de mécontentement, dressée sur ses pattes comme une hase prête à se battre contre plus grand qu'elle.

« Il n'y a pas que les riches et les de Machin qui ont le droit d'être beaux. S'il y a bien une justice dans ce monde, la voilà ! Et il n'est pas question de chance, qu'on soit bien clairs. Comme s'il suffisait de jouer pour gagner… Non, non, non, c'est bien de justice qu'il s'agit ! » clame-t-elle, histoire de rappeler que certains ont été choisis pour représenter la beauté sur Terre. Elle siège parmi les élus et entend bien le faire savoir. Le titre n'offre cependant aucun privilège. Le bénéfice et le commerce de la beauté ne sont pas garantis par le contrat et ne dépendent que des circonstances et du libre arbitre de son usufruitier.

La répugnance qu'inspira à son père la vue de cette enfant, née avec un sexe féminin, fut instantanée et irréversible. Il ne l'a pas prise dans ses bras ce jour-là, le premier, ni aucun autre. Elle ne sentit jamais la main de son père soulager le poids de sa tête, ni son haleine de bleuets caresser ses yeux gonflés.

Parce qu'elle était fille, une fille, tout simplement, et représentait tout ce qu'un père fruste peut y voir de dissemblance, et qui le rendait violent et récusait farouchement son désir d'aimer.

« Il était beau, mon père, c'était un très bel homme, mais méchant. Dieu qu'il était méchant » dit-elle, tenant du bout des doigts la photo noir et blanc, tirée en grand, sur laquelle toute la famille apparaît au complet.

De mon grand-père, une seule image demeure en effet, et je la découvre aujourd'hui pour la première fois. Il est assis au premier plan, tête baissée, et bien décidé à ne pas regarder le photographe. Ses cheveux, noirs et souples, lui enveloppent le visage et creusent ses joues d'ombres. Ses épaules, en position de bouclier, et la raideur de ses bras appuyés sur chaque genou évoquent la posture et le sérieux d'un taureau prêt à charger le premier qui se trouverait face à lui pour l'encorner. Malgré les bains successifs qui ont révélé l'existence de mon grand-père, le mystère demeure. Je ne vois pas ses yeux, le tirage n'est pas très bon. Néanmoins, la ressemblance avec ma mère me saisit. Elle se situe juste derrière lui, la meilleure place, probablement, pour éviter son regard sévère et ses pincements. Ses bras, nous a-t-elle dit, étaient souvent couverts de bleus. Rien de bien méchant pour une gamine de son âge qui vit à la campagne et passe son temps dehors à traire les vaches, à ramasser du bois ou, occasionnellement, à jouer avec des frères plus âgés et plus forts qu'elle. Elle est encore jeune, sur la photo, huit ans, peut-être, mais je la reconnais bien. Brune, le nez droit et les pommettes hautes. Ce visage qui, tant de fois, s'est approché quand elle me donnait des baisers, vérifiait ma température, me nettoyait les joues ou me prédisait l'avenir, je le connais par cœur. Malgré la surexposition du cliché, je décèle, de chaque côté des tempes de mon grand-père, la même peau de soie qui s'étire jusqu'aux oreilles. La même peau cirée qui m'a, si souvent, caressée et bleuissait sur ses bras d'enfant.

Ma grand-mère, elle, se tient debout, sur le portrait de famille, contrairement à ses cinq enfants et à son mari qui se partagent, assis à équidistance les uns des autres, le plateau d'une charrette. Elle regarde droit dans l'objectif sans prendre de pose. Ses traits sculptés dans la pierre n'ont pas varié depuis, elle est née pierre et le restera. Elle est probablement enceinte du dernier, qui n'apparaît pas sur la photo. C'est pourtant lui, l'« encore embryon », le cadet de la fratrie, celui que l'on m'a attribué comme parrain, qui a conservé le cliché. Ses frères et sœurs, eux, n'ont rien gardé de leur père, si ce n'est quelques mots pour l'évoquer : « dur, bosseur, puis cheminot », « devenu alcoolique et, enfin, mort un jour de pluie ». « Il a glissé en allant chercher l'eau au puits. »

Je n'en saurai pas plus et ne verrai jamais les yeux de mon grand-père. C'est ma tante, la sœur cadette de ma mère, qui en a hérité. Bleus. Entre bleu ciel et bleu turquoise. Elle porte le même prénom que son père, Joseph, juste précédé de Marie. Peut-être avait-il fallu la protéger, celle-là, la deuxième. Elle est la seule à porter un prénom composé. Ma mère, elle, s'appelle Simone, et n'aime pas son prénom. Elle aime Simone Signoret, pourtant, et on pourrait dire qu'elle lui ressemble un peu. Marie-Jo est la seule à avoir les yeux de son père et un baiser de lui chaque soir avant d'aller se coucher. Le reste des ressemblances, c'est ma mère qui les a récoltées.

Dans son miroir, comme les veines du bois, les traits du spectre paternel prenaient possession de son visage et lui dessinaient deux trous à la place des yeux. Deux petites cavités noires qu'elle prenait pourtant soin de fermer, le soir au coucher, pour ne pas l'irriter davantage alors qu'il se penchait au-dessus d'elle pour mieux atteindre sa sœur et n'embrasser qu'elle.

Ma mère adorait l'école et rêvait de devenir maîtresse. Pas pour faire comme toutes les petites filles – elle avait toujours, pour se protéger, affecté d'être un garçon –, mais pour apprendre les fleuves et les rivières, l'histoire et la grammaire et être incollable sur l'orthographe ou le vocabulaire. Elle voulait un métier qui lui donne de l'importance et force le respect. Se faire appeler « madame » et non plus « mademoiselle », titre réservé aux intouchables, bonnes ou vendeuses des grands magasins.

« Madame » reprenait sévèrement ma mère lorsqu'une cliente s'adressait à elle par ce joli mot de « mademoiselle » qui sonne comme une faveur mais qui traduit de fait une supériorité hiérarchique.

Maman se hérissait face à l'injustice et regardait les gens droit dans les yeux. Tous mes amis, quand ils étaient malheureux, trouvaient refuge chez nous, où elle les accueillait sans réserves. Elle leur donnait à manger et, au passage, quelques leçons de bon sens et des encouragements. Si elle avait eu le crédit et les connaissances, elle aurait aidé davantage, sans compter, aimé que chacun ait une chance de s'en sortir.

Elle aurait été un bon professeur. Avocate, peut-être, même. Mais non, adieu l'école. Une place de bonniche ferait l'affaire.

Elle avait treize ans lorsque ses parents l'envoyèrent à Paris vivre chez une tante, la sœur de son père. Aussi méchante que lui, me disait-elle. La marâtre de Cendrillon. Et ma mère, une cendrillon, mais sans soulier de vair. Victor Hugo n'écrivait pas de contes de fées, il savait que ce sont toujours les femmes et les enfants qui pâtissent les premiers de la misère des hommes.

« Elle ne voulait pas que je porte de bas l'hiver et m'obligeait à l'attendre des heures sur le palier de l'appartement, refusant de laisser la clef chez la concierge ou de m'en faire un double. Elle passait toutes ses aigreurs de vieille fille sur moi et exigeait que je travaille chaque jour de la semaine comme bonne à tout faire chez des gens qui avaient des grandes maisons et beaucoup de chemises à repasser. J'avais juste quatre heures de temps libre le dimanche après-midi pour me reposer. Ou attendre sur le palier qu'elle rentre de sa promenade dominicale. Je n'avais nulle part ailleurs où aller, sans argent, en hiver, à quatorze ans. »

Pour une fille, c'était pas choquant, ça aurait même pu être pire. Un fer à repasser pour tout diplôme et des sacs-poubelle plus lourds à traîner qu'un cartable, c'était pas la mort. Que la géographie ait été remplacée par l'étude des ordures ménagères, et le vocabulaire réduit aux mots de l'obéissance, passait encore. Mais que le temps ne se conjugue plus qu'au présent de l'indicatif, ça ne laissait tout de même pas beaucoup d'espoir.

Elle se délesta petit à petit de tous ses rêves, abandonnés sur le bas-côté, et s'infligea le fardeau d'une vie de labeur, résignée à interpréter pour le reste de ses jours le rôle mal écrit de femme.

Elle se maria à l'église, et deux beaux enfants naquirent un peu plus tard : un garçon, et une fille pour terminer. De nombreux avortements clandestins séparèrent les deux naissances. La dernière grossesse dut aller à son terme, raison de santé oblige. Trop d'aiguilles à tricoter avaient fini par endommager sérieusement son ventre. Enfin, les trompes furent bouchées et le mécanisme enrayé de façon définitive.

Nous grandîmes, mon frère et moi, investis de la ressemblance maternelle. La brodeuse et le sculpteur ne s'étaient pas trompés dans les proportions, le trait de crayon n'avait guère varié. Mes parents laissaient apparaître un rictus de fierté lorsque les badauds se retournaient sur la beauté frappante de leur garçon. Quant à la mienne, plus discrète, ma mère n'en faisait jamais mention sans me rappeler aussitôt qu'il était vain de s'en réjouir. « Moi aussi, j'étais belle, et qu'est-ce que ça m'a apporté ? Ce n'est pas parce que tu es mignonne que tu ne vas pas devoir travailler dur. » Malgré elle, elle laissait percer une légère préférence pour son garçon, plus facile à aimer qu'une fille. Notre complicité trouvait son expression dans les choses domestiques, inévitable domaine de la femme réduite à son devoir de service, où ma mère excellait. La puberté approchant, elle me tint plus à distance, et devint même méfiante à mesure que mon corps d'enfant se transformait. Ce mouvement souvent paradoxal l'incitait à m'acheter des robes et à vouloir que je sois « bien habillée » alors que, aussitôt enfilés, les jupons de toutes sortes devenaient un sujet de remontrance, tout comme ma façon de marcher ou de porter un décolleté. Je compris rapidement qu'il était plus convenable de ne souligner aucun signe distinctif de féminité.

« Bon... Ce n'est pas parce que tu es jolie qu'il faut te comporter comme une...

— Une quoi ? » rétorquais-je, saisie à froid.

Ma grand-mère, moitié ponce, moitié calcaire, intervenait de sa chambre à coucher :

« Une bêcheuse, une marie-couche-toi-là...

— Oui, c'est ça, reprenait maman. Fais pas ta bêcheuse ! »

Je la vois encore, les pieds emmêlés dans son tas de nœuds, prise par le vertige et la peur de tomber. D'être une femme, tout simplement. Une faute, un délit. C'était à moi de m'en dépêtrer, maintenant. Là où ma mère n'avait jamais eu d'équilibre, je devais marcher droit.

Dans le métro parisien, adolescente, je regardais à travers la vitre la longue obscurité du tunnel. Esquissée dans la transparence du carreau, ma silhouette de papier découpé frappa l'œil d'un connaisseur. Je n'ai pas baissé les yeux, j'ai regardé dans son appareil. Il m'a dit de sourire pour la photo, et j'ai appris à sourire. Depuis, des portraits par milliers se sont vendus, affichés, postés, un peu partout dans le monde. Dans les théâtres, les cinémas, les journaux, sur les places publiques. Sur les couvertures de magazine que je ne compte plus et que maman conservait, près de la cheminée, sur la table basse ou dans un stock de vieilles revues qu'elle gardait pour les mots croisés. De la pointe de son nez parfait, elle désignait le portrait d'une femme qui lui ressemblait trait pour trait. Sous la photo du journal était écrit : « la femme préférée des Français ».

C'était rendre justice à la femme qu'elle était et à sa beauté. D'une manière ou d'une autre, la mission était accomplie. Elle gonflait ses narines avec ce petit air hautain et relevait sa tête comme une reine, qui, couronnée du succès de sa fille et fière de leur ressemblance, jouissait enfin de son privilège d'élue.

J'ai retrouvé la photo du journal punaisée sur le mur qui reliait sa cuisine à la buanderie entre la fenêtre et le congélateur.

Table

Composition et mise en pages
Nord Compo à Villeneuve-d'Ascq

Pour plus d'information :

www.lisez.com

Imprimé sur du papier issu de forêts gérées durablement.

Achevé d'imprimer en mai 2023
par Normandie Roto Impression s.a.s.
61250 Lonrai
Dépôt légal : avril 2023
Nº d'édition : 65720/02 – Nº d'impression : 2301947
Imprimé en France